Anna Baar
Nil

Anna Baar
Nil

Roman

WALLSTEIN VERLAG

Für Tommy

Ein wahrer Freund ist gleichsam ein zweites Ich.
  Cicero

Livestream

J'ai tant neigé pour que tu dormes
Georgette Philippart für César Vallejo

Ich war es nicht. Seit sie mich hier festhalten, denke ich diesen Satz. Aber ich sage ihn nicht. Nach außen hin soll getan sein, als sei die Rede von nichts. Alles nur wegen des Fetzens Papier, darauf der Rest des Entwurfs für meine letzte Geschichte. Sie ist aus dem Ruder gelaufen, der Zwinger sperrangelweit offen, das Ungeheuer entkommen.

Ich lasse mir nichts unterstellen, lebe zurückgezogen, halte mich an die Gesetze. Meistens sehe ich fern, zocke vielleicht ein bisschen oder notiere mir was. So ziehen die Tage dahin. Pläne habe ich keine. Sicher, noch ist nicht alles erfüllt, aber ich steh um nichts an. Erkundigt sich einer nach meinem Beruf, sage ich bloß *Erfinder*, denn ich erfinde Geschichten, Fortsetzungsstorys genauer gesagt, für ein Frauenmagazin. Die spielen im Arztmilieu, handeln von Leben und Tod, Liebe und solchen Sachen. Manchmal schreiben Leser an den Chefredakteur, diese und jene Szene habe ihr Leben verändert, ja, manches sei nach der Lektüre tatsächlich eingetreten. Ob man sich infiziert mit dem erfundenen Schicksal, indem man die Nase zu weit zwischen zwei Heftseiten steckt?

Neulich verlangte der Chefredakteur, dass ich meine Fortsetzungsstory in der folgenden Nummer zu einem Ende bringe. Er habe sie aufgrund sich mehrender Leserbeschwerden noch einmal nachgelesen, an einzelnen Sätzen,

Gedanken wohl sein Vergnügen gehabt, sich aber ständig gefragt, was die Geschichte soll. Ich konnte ihm nichts erklären, fragte stattdessen nur, wie ich es anstellen solle mit einem jähen Ende. *Meinetwegen*, entgegnete er, *indem sich das Paar ein Herz nimmt und von einer Klippe springt.*

Die letzten Tage und Nächte habe ich mich am Schlussteil versucht, schließlich alles verworfen, denn wie es geschrieben stand, ging mir alles so nahe, als ginge es dabei um mich, aber nicht rückwärtsgerichtet, nicht memoirenhaft aus dem Leben gegriffen, sondern wahrsagerisch, mitten ins Leben hinein. Mit einem Mal schien es unmöglich, zu einem Schluss zu kommen, ohne selbst zugrunde zu gehen. Es sei denn, sagte ich mir, ich fände den anderen Ausgang, eine Art Hintertüre, durch die ich beizeiten entwischte. Wer weiß, wo die Wahrheit beginnt und wo sie zu Ende ist?

Warum ich überhaupt hier bin? Sie verdächtigen mich. Jedenfalls deutet alles darauf hin. Jemand, wurde behauptet, sei am Vortag verschwunden. Um wen es sich handelt, sagten sie nicht. Ich könne es mir wohl denken, schließlich soll ich Zeuge, vielleicht sogar Drahtzieher sein. Aber das trifft nicht zu. Mit dem Verschwinden gleichwelcher Leute habe ich nichts zu tun.

Ich stelle mir vor: Ein Verhör. Wir sitzen im Halblicht, mir gegenüber Wärter und Kamerafrau. Genau so sollen sie heißen – *Wärter* und *Kamerafrau*. Die Frau bleibt stumm und reglos, Ellbogen auf dem Tisch, das Kameraauge des Smartphones dauernd auf mich gerichtet. Der Wärter stellt allerhand Fragen, schnippt an seiner Zigarre. Bei jedem kräftigen Zug sehe ich im Schein der knisternden Glut ein neues Gesicht; ein geläufiges Phänomen, wie früher mit Papa beim Guck-guck-Spielen – sooft er die Hände von seinem Gesicht nahm, sah mich ein anderer an.

Noch heute bin ich nie sicher, wer sich als nächster zeigt, wenn Papa von *damals* erzählt, szenische Anekdoten aus einem früheren Leben; zum Beispiel von seiner Zeit als Dompteur oder als Weltenbummler. In Mostar, bald nach dem Krieg, habe er einen gesehen, einbeinig und auf Krücken, der für ein lumpiges Kleingeld von einer steinernen Brücke in den eiskalten Fluss sprang, immer und immer wieder, oder in Rom auf dem Petersplatz einen als Priester verkleideten Mann, der bot einem Grüppchen Touristen Haschisch und Ecstasy an, und auf dem Pariser Friedhof die Grabinschrift eines Dichters, der, so ging die Legende, entkräftet von Hunger und Kälte im dichten Schneetreiben einschlief, nachdem er auf dem Heimweg ausgerutscht und hingestürzt war.

Hat Papa den Namen des Dichters genannt oder den Grabspruch zitiert? Ich stelle ihm keine Fragen. Kommt er ins Reden, werde ich still. Im Schweigen ist weniger Stummsein als in den gängigen Worten.

Wir werden unsere Geschichten nicht los, ob wir sie nun erzählen oder nicht, manchmal rutscht etwas davon heraus, mitten ins Schweigen hinein, in die stehengebliebene Zeit, zu einem Schwank gekürzt, einer Kurzfilmsequenz. Kann sein, wir tun was hinzu, oder wir lassen was aus, spielen uns zu Helden auf, spielen die andern herunter. Wir stolpern, fallen uns ins Wort. Am Ende trifft alles zu, gerade das Ausgedachte. Es wäre völlig absurd, nach dem Wahrheitsgehalt einer Erzählung zu fragen. Wenn es nicht wahr ist, sagt Papa, ist es doch gut erfunden. Er nannte sich immer

Dompteur. Für Mama war er Direktor, für mich bloß ein Käfigputzer. Kam er vom Zoo nach Hause, roch er selbst wie ein Tier.

Ab und zu nahm er mich mit. Sowie er in seinem Revier war, schritt er weit aus und tat wichtig, als sei es ein Sonderrecht, so oft und so lange man wollte an seinem Ort zu verweilen; jedes Kind, behauptete er, würde mich darum beneiden. Er hasste es, wenn ich heulend vor einem der Käfige stand, mit seinen Gefangenen sprach, mich gar vor ihnen verneigte. Immer geriet er dann wortreich über die Gitter ins Schwärmen, die Stäbe aus Schmiedeeisen, die Bunde feuergeschweißt, felsenfest, ausbruchsicher – *Wovor fürchtest du dich?* Meine Beklemmung aber rührte nicht von der Furcht vor den armen Geschöpfen jenseits der riesigen Gitter, sondern von meinem Ekel vor seinem dummen Wahn, die Insassen zu beherrschen. Rechtmäßig herrscht doch nur, wer das Wilde nicht einsperrt und schwächt, sondern in Freiheit bezähmt. Papa und die Tiere blieben durch Schlösser und Riegel getrennt, abhängig voneinander statt in Liebe verbunden.

Der Zoo war ein Tiergefängnis. Sowie man durchs quietschende Drehkreuz trat, beiderseits Gitter an Gitter ohne ein Fleckchen Grün, zur Linken ein Rudel Makaken, rechts ein Pavianpärchen, zuweilen apathisch kauernd, oft in rastlosem Kreisen ohne Versteckmöglichkeit, zur Schau gestellt zum Ergötzen beim Dahinvegetieren, Lausen und Onanieren. Dem einen oder andern mochte es zwar gelingen, am helllichten Nachmittag, zur besten Besucherzeit, in einen Traum zu entfliehen, doch johlte dann meist ein Kind, um den vermeintlichen *Faulpelz* aus seinem Schlaf zu schrecken. Und wenn sich die Tiere paarten, hörte man spitze Schreie und das Gackern und Kichern peinlich berührter Damen. Ja, die viehischsten Laute kamen aus Menschenkehlen, und zärtlich klangen sie nur beim Streicheltierareal unter der Dachterrasse. Dort gab es Pampashasen, Meerschweinchen und Kaninchen.

Der Aufgang zur Dachterrasse war winters mit einer Kette verhängt. Droben befand sich ein weiterer Zwinger, und gelegentlich sah ich, wie ein Besucher zurückwich nach einem ersten Blick; und manches Besucherkind kreischte und streckte die Zunge heraus, was hinterm Gitter im Pool lag, zu einer Regung zu reizen. Ein einsames Krokodil! Heute noch sehe ich deutlich, was aus dem Becken ragte, den schuppig gepanzerten Rücken, die immer offenen Augen; und wenn mir das Wasser vorkam wie von dünner Eisschicht bedeckt, oder wenn ich das schöne Reptil in einem Schaufenster sah, als lebensechte Attrappe hinter dem eigenen Spiegelbild, während ich, um sicherzugehen, die Auslage fotografierte, oder wenn es, konnte das sein?, aus unserm Swimmingpool tauchte, zwischen schreienden Kindern und aufgeblasenen Schwimmtieren tollwütig um sich schnappend, nahm ich es meist gelassen – es ist ja nicht ungewöhnlich, dass die Erinnerung hinkt. Aber von wegen hinken! Als ob sie es nötig hätte, mit irgendwem schrittzuhalten. Sie holt einen doch wieder ein, indem sie ihre Sporen weit in die Gegenwart streut. Das Künftige ist gesät aus der Vergangenheit.

Im hintersten Winkel des Zoos gab es zwei alte Bären. Näherte man sich dem Zwinger, bäumten die beiden sich auf und stampften mit schweren Beinen und wiegten sich hin und her. Und jedes Mal traf mein Blick im Dunkel gebrochener Augen das winzig gespiegelte Kind in seiner tiefen Empfindung, aller Freiheit beraubt, Tier unter Tieren zu sein.

Nie wagte ich zu fragen, warum die gefangenen Grizzlys – oder waren es Kodiaks? – sinnlos im Kreis herumliefen, stattdessen hoffte ich immer, dass sie sich vor mir paaren, *Papa, wie vögelt ein Bär?* Später erfuhr ich von Mama, ein blinder Kriegsveteran habe sie einst auf dem Jahrmarkt an den Nasen geführt. Einmal, vor aller Augen, habe die alte Bärin den Führer halb totgebissen. Papa habe die beiden vor dem Erschießen gerettet. Die Rettung bestand darin, ihnen den letzten Rest von Freiheit und Würde zu nehmen. Er zog ihnen Zähne und Krallen und brachte sie hinter Gitter.

*

Ich war es nicht ist kein guter Satz, und doch, ich sagte ihn oft, in der Kindheit vor allem. Ein Glas fällt zu Boden, bricht: *Mama, ich war es nicht! – Wer war es denn, wenn nicht du?* Ich wusste ihm keinen Namen, dem spukhaften Stellvertreter, der immer nur Unfug machte, während ich bloß dabeistand oder tief und fest schlief. Und machte sich nicht verdächtig, wer auf Dingen beharrte, die sich den Sinnen entziehen? Denk ich an meinen Begleiter, wird mir die Sprache jedes Mal klein, taugt nicht, die Nacht zu erhellen, in der er sich einquartiert hat. Meine Arme reichen nicht hin, tief genug in die Kindheit zu fühlen. Greif ich mit Worten danach, weichen die Bilder zurück.

Ich war ein verschrobenes Kind, weinte beim Zirpen der Grillen aus Angst vor ihrem Verstummen.

Hier im Warteraum dehnt sich die Zeit, macht mich schläfrig und dumpf. Ansonsten kann ich behaupten, dass mir das Dasein entspricht. Ich gebe nichts auf Gesellschaft, gehe kaum außer Haus. Fragte mich einer nach der Umgebung, ich holte nicht allzu weit aus. Inmitten von Wiesen, Feldern und bewaldeten Hügeln liegt hingestreut eine Stadt, schütter und unscheinbar, wie es Vororte sind, aber ohne das Kommen und Gehen, das dem gewöhnlichen Vorort den Puls einer Großstadt diktiert. Alles woran man hier grenzt, ist dünnbesiedelte Gegend, die Weltfremdelei des Idylls, nur bei günstigem Wind von Größerem angeweht – einer anderen Sprache, einem anderen Land.

Nichts erinnert mehr an den Zoo. Wo einst die Käfige standen, wuchert kniehohes Gras. Schon im Jahr vor der Schließung stand das Affengehege leer, und der Terrassenaufgang blieb im Sommer versperrt. Die Meerschweine und Kaninchen, hat es damals geheißen, haben sich rasend vermehrt – oder war das ein Traum? Über Nacht, ob wahr oder nicht, nahmen sie überhand, brachen aus der Umzäunung, strömten als gefräßiger Schwarm zu den Käfigen aus. Tags darauf fand Papa die Bären, abgenagt bis aufs Gerippe.

Gepfiffen auf alles dort draußen, die morsche Stadt-Land-Kulisse längst verjährter Geschichten! Ich bin gegen Nostalgie. Es verheißt ja nichts Gutes, aus scheinbar sicherer Entfernung auf das Schicksal zu schauen. Und wenn ein geblendetes Auge wieder zu sehen begänne, es wünschte sich wieder die Nacht. Schon der Blick in den Spiegel scheint mir zuweilen riskant. Wozu etwas vor sich hinstellen, was einem im Rücken liegt? Was, wenn man zu weit blickt? Manch einer kommt dem Kind, das er war, in der Rückschau zu nah. Manch einer wird wieder Kind. Selten, für Augenblicke, reicht die Sicht weiter als üblich. Man sieht sich aus dem Mutterschoß schlüpfen, wird Zeuge der eigenen Zeugung – oder einer Verwandlung. Keine Verwandlung geht schmerzlos vor sich, oft braucht es die rohe Gewalt einer gefährlichen Krankheit oder eine Art

Sterben, von dem aber keiner erfährt. Was sich im Innern vollzieht, muss, indem man es mitteilt, zur Groteske verkommen, weil die Wunder, scheu wie sie sind, niemals ein Publikum dulden, gleichgültig, ob es neugierig gafft oder in Mitleid zerfließt. Die Blicke der andern vergrößern die Not, machen sie erst zur Schande. Oder zu einer Geringheit. Weil sie den Zuschauer gar nicht berührt oder tiefer, als ihm gebührt. Er kann gar nicht Anteil nehmen. Ein Anteil steht ihm nicht zu.

Ich stelle mir vor: Die Heilige Nacht kurz nach der Schließung des Zoos, das Päckchen unter dem Christbaum in Seidenpapier gewickelt, darauf in Mutterschönschrift der Name des einzigen Kinds. Das Kind nimmt das Päckchen an sich, weiß die Blicke der Geber mit Spannung auf sich gerichtet, besieht es von allen Seiten, zupft versonnen am Band, schaut wieder und wieder auf, das eine Mal nach den Eltern, das andere Mal nach der Wand. Dann beginnt es von neuem mit seiner Untersuchung, schüttelt das Ding und hält es ans Ohr, ob da was raschelt, rappelt, ob es etwas ertasten oder erschnuppern kann? Das Kind bietet alles auf, die Eltern im Glauben zu lassen, es würde den Inhalt raten. Schwieriger wird der Part, der auf das Auspacken folgt. Es soll sich erkenntlich zeigen, den Überraschten mimen. Wieder, jetzt wilder, reißt es am Band, kletzelt am Klebestreifen. Es will nicht schon wieder ein Buch, lieber ein Aufblastier, am liebsten ein Schwimmkrokodil! Stattdessen nur Kinderbücher. Wütend drückt es das Päckchen, schüttelt es abermals, schmeißt es gegen die Wand. Die Mutter, schnaubend vor Wut, schickt das Kind auf sein Zimmer. Der Vater aber folgt ihm, wirft das zerrupfte Päckchen durch den Spalt in der Tür. Krachend fällt sie ins Schloss.

Jetzt, da es ungesehen bliebe, zerreißt das Kind das Papier, schlägt sein hundertstes Buch auf, findet die Seiten leer.

Noch in derselben Nacht kritzelt es etwas hinein in der noch furchtsamen Erstklässlerschrift, belanglose Kinderworte, aus dem Instinkt geschöpft, gedankenlos hingeworfen, als simulierten sie, was es wirklich empfindet: *Ich bin das Krokodil.* Sowie sie geschrieben stehen, verschwimmen sie ihm vor Augen und schlagen in kleinen Wellen ans Ufer seines Bewusstseins. Es sieht die Käfiggitter, sieht sich darin gefangen, draußen die lärmenden Gaffer. Und wie sich der Vater nach Einbruch der Nacht pfeifend dem Gitter nähert mit einem toten Kaninchen, und wie er's ihm grimmig hinwirft, als läge da auf nacktem Beton ein geschlagener Feind. Einmal hat er erzählt: Trotz ihrer scheinbaren Trägheit sind Krokodile flink und geschickt, fantastische Lauerjäger. Schwimmend, nahezu unsichtbar, passen sie den Durstigen ab, zerren ihn unter Wasser, mit ihm ein Spiel zu treiben, das den tapfersten Zeugen entsetzt. An Land ist das Drachentier hilflos, eilt, sobald es Gefahr spürt, dem schützenden Mutterfluss zu. Von Booten aus wird es gejagt mit Harpunen und Stricken. Menschen werden zu Tieren, stürzen sich auf den Kadaver, zerreißen ihn roh mit den Zähnen, um sich an ihm zu rächen. Muss nicht der Mensch in der Raubtiergestalt die eigene Tücke sehen, die eigene Geilheit und Fressgier, den Anspruch auf ein Revier, die Bereitschaft, zu töten? Und ist es nicht immer das Eigene im Andern, das uns am meisten entsetzt?

Nichts geht ihm über die Heimlichkeit, die nun begonnen hatte. Das Kind klappt sein Büchlein zu. Von einem Schwindel befallen, reißt es das Fenster auf, beugt sich vornüber, die Arme gebreitet, den Kopf voller Blut, den eisigen Wind in den Haaren.

Anderntags liegt es im Fieber, das Fenster mit dicken Stoffen verhängt, die Luft stockdunkel und schwül, kein Unterschied zwischen Tag und Nacht. Beginnt da eine Verwandlung? Ab und zu kommt wer ins Zimmer, wickelt ihm wortlos die Waden, kühlt seine glühende Stirn, fuchtelt vor seinen Augen, um ihre Sehkraft zu prüfen. Meist weiß es nicht, wer es ist – die Mutter oder der Vater, oder gar ein Phantom. Das leiseste Licht ist ein Blenden, selbst durch den Vorhangspalt. Vereinzelt ernstes Gemurmel, das Kalte unter der Achsel, das Einflößen bitterer Tropfen und winziger zuckriger Kugeln.

Wusste das Kind von mir, war es am Ende ich? Sicher, ich fühle mit ihm, stelle mir seine Fragen: *Was geschah mit den Affen? Warum blieb der Aufgang zum Streichelzoodach auch im Sommer versperrt?* Ich weiß noch, während der Krankheit saß Papa am Rand meines Betts und hielt mir die Hand und seufzte und stammelte zärtliches Zeug, erzählte auch von den Bären, die er verkaufen musste, von Meerschweinchen und Kaninchen. Ich aber fragte bloß: *Wo ist das Krokodil?* Da fing er sich wieder und räusperte sich und begann zu erzählen: In einem sehr heißen Land schuf Gott einen riesigen Fluss, indem er in steiniger Wildnis sein ganzes Wasser vergoss. Der behäbige Strom bringt neues Leben zur Welt, indem er von Zeit zu Zeit anschwillt und die Ebenen flutet. An den Uferoasen trinken Gazellen und Gnus beschattet von Maulbeerfeigen, und ein Drache bewacht jenen Ort, die meiste Zeit reglos, wie einer, der schläft, aber mit offenen Augen.

Der Schmerz hatte nachgelassen. Mit einem schaurigen Lächeln tunkte das Kind ins Fieber, selig in seinem Wahn, selbst ein Drache zu sein. Nach Tagen flaute das Fieber ab, dann kam es mit Wucht zurück. Die Quecksilbersäule dehnte sich weit über die rote Markierung hinaus. Es bekam Flecken hinter den Ohren, im Gesicht und am Rumpf, später an Armen und Beinen.

*

Es ist mir egal, ob ich träumte, was ich erlebte, oder ob ich erlebte, was nur geträumt war. Mögen andere ihre Träume für minderwertig halten gegen das Tagesbewusstsein. Ich aber werde die Wirklichkeit so lange mit meinen Träumen betrügen, bis sie eifersüchtig die Schenkel vor mir spreizt und selbst zum Traum mutiert.

Ich stelle mir vor: Ein Verhör. Wir sitzen im Halblicht, mir gegenüber Wärter und Kamerafrau. Fast wie im richtigen Leben.

Wie soll einer verschwinden, wo ihn keiner vermisst? Hat irgendwer Meldung gemacht? Ein Anrufer? Anonym? Der Wärter lehnt sich zurück, verschränkt die Hände hinter dem Kopf, *Ich stelle hier die Fragen*. Anschließend rückt er heraus, er habe Beweise gefunden, knallt seinen Aktenkoffer zwischen uns auf den Tisch, nestelt am Ziffernschloss, dreht am Rad, bis es klickt, wühlt in losen Akten, zieht einen Schnipsel hervor, schiebt ihn mir über den Tisch.

Da liegt also dieser Schnipsel, knittrig und halb verbrannt, meine Handschrift darauf, aber kaum zu entziffern.

Der Wärter, Auge, Ohr, blitzt mich neugierig an. Ich brauche, bemerkt er gereizt nach fünf Minuten des Schweigens, eigentlich nichts zu sagen, er könne auch so ohne Weiteres die fehlenden Abschnitte finden. Dank moderner Verfahren lasse sich alles rekonstruieren. Er kenne da ein

Labor. Er schnappt sich den Schnipsel wieder, tut eine Zeitlang so, als würde er angestrengt lesen, blickt wieder auf zu mir: *Also verschwindet einer auf Nimmerwiedersehen in einer Fotokabine.* Was ihm zu denken gebe: Die Box sei zu diesem Zeitpunkt doch schon besetzt gewesen. Laut Personenbeschreibung sei der Insasse ich.

Eine Personenbeschreibung? Ich würge an meinem Lachen, spucke es auf den Tisch.

Ich kenne diese Geschichte. Wirklich, ich könnte schwören, sie gelesen zu haben, und so, als sei ich der gewesen, um den es hauptsächlich ging. Alles schien selbst erlebt, allenfalls selbst geträumt, obwohl ich dem Helden in vielem widersprechen, mich ihm bei manchem Schritt in den Weg stellen, ihn zu dieser und jener Entscheidung bewegen, einige Szenen ergänzen oder streichen, ja mich besserwissend in den Stand des Erzählers setzen wollte: *Nein, nein, nein, das konnte nicht sein. Nein, so war es bestimmt nicht. Es war vielmehr so und so.* Dabei besaß ich keinerlei Macht, das Spiel einfach abzubrechen. *So war es. So und so.* Ob der Erzähler eingelenkt hat? Zum Schluss stand alles vor mir, als hätte ich es geschrieben. Nur eines war höchst seltsam. Ich blätterte nämlich zurück, die Stelle beim Automaten noch einmal durchzugehen, aber ich fand sie nicht.

Es gibt in dieser Geschichte keine Personenbeschreibung.

Der Wärter bläst mir den Rauch ins Gesicht. Ob ich etwa die Existenz eines Doppelgängers behaupten wolle?

Aber nein, aber nein! Alles ist frei erfunden, die Szene mit der Fotofixbox gar nicht der Rede wert, das Ganze nur ein Versuch.

Das leise Kichern der Kamerafrau schreckt mich aus den Gedanken. Ihr Mitschnitt ist mir nur recht. Ich mag es, gefilmt zu werden oder fotografiert. Früher nahm Mama mich oft mit ihrem Camcorder auf, um mich zu disziplinieren. Der Mensch, behauptete sie, gerate nicht außer sich, solange er Darsteller sei. In ihrer Videosammlung sind wir, wie sie uns möchte: für immer zusammengeschweißt – Papa, mein Bruder Leon und ich. Leon ist nicht mehr da. Und ich muss sagen, er fehlt. Schon als sehr kleines Kind hat er vom Fortgehen geredet; nein, vom *Weglaufen* redete er – aber wovor und warum? Einmal, mit drei oder vier, kam er mit einem Koffer zu mir, vollgepackt mit Kleidung und Kram. *Ruf mir ein Taxi*, forderte er, *das mich zum Flughafen bringt.*

Noch heute hilft mir der Kameratrick. Überkommt mich die Angst, mich auf dem Stadtflaniergang einfach in Luft aufzulösen, halte ich Ausschau nach Knipsern, verstelle ihnen die Sicht. Selfies mache ich nicht. Der Spiegelblick ödet mich an. Wozu gibt es Automaten? In unserer Stadt sind es fünf – willkommene Weltfluchtzellen, wenn ich in Panik gerate. Ist keine in der Nähe oder eine besetzt, tun es zur Not auch Plätze, die man rund um die Uhr videoüberwacht. Ich stelle mich vor eine Kamera hin, versuche, nicht zu posieren, möglichst natürlich zu wirken, also ganz ich zu sein.

Es beruhigt mich, zu wissen: Irgendein Unbekannter wird mich in Echtzeit sehen, mittels Gesichtserkennung herausfinden, wer ich bin, und dass ich tatsächlich bin. Es braucht den Blick eines andern, um nicht verlorenzugehen. Niemand löst sich vor Zeugen mir nichts dir nichts in Luft auf, und geschähe es doch, wär's eine Sensation: Man spielte die Szene vor und zurück, bis sie grotesk erscheint und harmlos wie ein Science-Fiction-Film – *Ready to beam up, Jim*. Zur Not drückt man Stopp – und aus. *Toller Trick!*, würden sie sagen, und keinem käme je in den Sinn, dass mein Verschwinden kein Kunststück sei, sondern ein wahres Verhängnis.

Sollte jemand verlorengehen, lautet die Theorie, wird er anderswo sein. Man wird ihn jedenfalls suchen und, würde er nicht gefunden, sicher ein Unglück behaupten.

Ermittler wollen alles wissen, aber sie wollen nichts glauben, geben ihre Vorstellungskraft im Tausch gegen eine kalte Vernunft und fühlen sich nicht getäuscht. Sie dringen in die Gesetze der Welt und rühren doch nie ans Geheimnis, weil ihnen tote, mechanische Dinge die tiefere Sicht verstellen. Seht sie euch an, die Experten, Sachkenner, Kapazunder – Entzauberungsspezialisten, die im Namen des Fortschritts dieses und jenes ergründen, ohne dass wahrhafte Liebe ihre Herzen ergreift!

Würde ich solchen weismachen wollen, ein Wesen aus Fleisch und Blut zerfalle plötzlich in Wellen, um sich irgendwo anders zeitgleich zu rematerialisieren, sie hielten mich für verrückt. In Wahrheit müsste ich lügen.

Nur in meinen Geschichten bin ich ganz und gar ich.

Ich tu mein Bestes, freundlich zu schauen, grinse ins Kameraauge.

Was gibt es da zu lachen?

Nichts gibt es da zu lachen. Wieder hält mir der Wärter den Schnipsel dicht vors Gesicht. Ich darf ihm nicht widersprechen. Meine Freiheit steht auf dem Spiel, solange es nicht gelingt, was er zu wissen meint, in einer erfundenen Story Wort für Wort zu bezeugen. Um sein Vertrauen zu gewinnen, müsste ich die Erfindung freilich als Wahrheit behaupten. Das geringste Detail wäre noch von Belang, mildernde Umstände geltend zu machen oder im Fall eines Schuldspruchs in Berufung zu gehen. Die Sache sei ernst, sagt der Wärter, nicht immer erfolge eine Verletzung der Wahrheitspflicht durch mutwillige Täuschung; schon ein Irrtum genüge. Einziger Unterschied: Der Lügner wolle die Wahrheit nicht sagen, der Irrende wisse sie nicht.

Nach ein paar Schweigeminuten fährt er vom Sessel auf, schlägt mit der Hand auf den Tisch. Ob er sich weh getan hat? Schnell beruhigt er sich, setzt sich, aber sein Atem bleibt schnell: *Wer glaubst du denn, dass du bist, dich hier so auszuschweigen? Du schuldest uns eine Erklärung.*

*

Ich bin das freundliche Ploppen, wenn ein Apfel ins Gras fällt, bin Monster, Märtyrer, Nichts, Form der Unmöglichkeit, Strudel und Projektion, ein Gedicht, das man aufsagt, ohne es zu verstehen. Oder ein Zookrokodil. Alles fließt und flutet in das schöne Wort Nil.

Ob ich ein Meerschwein bin? Der Nil mündet schließlich ins Meer.

Ein wiederkehrender Traum: Ich warte, dass jemand mich ruft, und weiß meinen Namen nicht. Wer glaubt einer, dass er sei? Der steckbrieflich Festgestellte mit Namen, Alter und Herkunft? Der, der ihm im Spiegel erscheint oder der Wellenschläger, der die Spiegelung bricht? Der, den die anderen sehen? Oder ein völlig Fremder, den es zu finden gilt in den Minuten, Stunden, wenn man still auf sich zugeht, Schicht für Schicht sich häutend, an einen Kern zu gelangen, endlich zu sich zu kommen? Bin ich der, der sich sorgt, ob er wieder zurückkommt, wenn er dann bei sich ist? Und ist man je ganz bei sich, oder ergibt der Eine den Nächsten, wie bei Mamas Babuschkas, denen, sobald man sie öffnet, ein weiteres Püppchen entschlüpft, brechbar und hohl wie die Vorgängerin, Hülle der nächsten Hülle?

Ich bin ein Treibholzstück im Fluss meiner tausend Bilder. Zu guter Letzt bin ich einer, der im Tarnen und Täuschen der Wahrhaftigste ist, eine Spielernatur, Stuntman und Simulant, oder ein Pseudonym. Manch einer in mir ist verblasst, manch anderer noch im Werden, doch alle, die nur mein Name eint, wollen das Wort ergreifen. Oft liege ich nächtelang wach, dann sprechen sie wild durcheinander, wie in einem Livestream auf verschiedenen Kanälen. Die toten Tiere der Kindheit gesellen sich zu den Spuken. Ich wandle von Käfig zu Käfig. Die Käfige nehmen kein Ende. Ich bin nun der Gefangene, die Tiere betrachten mich. Nein, schlimmer: Sie tun es nicht.

Ich will nicht in Sturzträume fallen, also sind Vorkehrungen zu treffen. Sicher, es wäre hübsch, zu behaupten, mich auf der Suche nach Halt an meinen Schwanz zu klammern. Aber das trifft nicht zu. Ich habe gar keinen Schwanz. Welche Vorkehrung also? So lange aufrecht sitzen, bis man vornüberkippt! Am besten geht das beim Zocken.

Das Beste am Zocken ist: Der Spieler ist immer der Held, der Gute, wenn man so will. Über einen Controller steuert er seine Figur durch eine öde Landschaft oder ein Labyrinth. Ein Druck auf den Knopf, und sie springt. Ein Ruck am Joystick, schon dreht sie sich um. Das Sichtfeld beträgt 90 Grad. Durch ein Fadenkreuz in der Mitte des Bildschirms sucht der Spieler fortwährend seine Umgebung ab. Die Waffe, meist ein Maschinengewehr, ragt am rechten unteren Rand in die Szene hinein. Taucht ein Angreifer auf, muss unser Held der Schnellere sein. Das geht nicht immer gut. Die Statusanzeige am Bildschirmrand zeigt die verbliebenen Leben und sein Befinden an. Müdigkeit, Blutverlust, Stürze vermindern die Restenergie. Gelegentlich braucht es ein Upgrade, sich zu regenerieren. Die Möglichkeit zu verpassen wäre lebensgefährlich, denn eigentlich lässt sich sagen: Der Zocker *ist* seine Figur. Nur in den Zwischensequenzen, die die Rahmenhandlung erzählen, schaut er von außen auf sie, in Rückenansicht, von oben, meist von ziemlich weit oben. Ich glaube, dass Gott uns so sieht, wenn es ihn überhaupt gibt. Doch Gott ist kein Egoshooter, und wenn, dann greift er nicht ein.

Im Spiel trifft mich keine Schuld, nur die Gegner sind böse. Man merkt es an ihren Fratzen, den zuckenden, steifen Gebärden und den viehischen Lauten, wenn sie zu Boden gehen. Fast immer dreh ich den Ton ab, um ihr Gebrüll nicht zu hören. Stattdessen läuft laute Musik, ein Schubertlied möglicherweise, der Liebestraum von Franz Liszt. Mein Spiel ähnelt einem Tagtraum, der zum Naturzustand wird. Die fixe Idee, den Ausgang zu finden, einem Feind zu entgehen, die Furcht, es nicht durchzustehen.

Nimm die Hände von deinem Gesicht!, knurrt mich der Wärter an. Wen glaubt er dahinter verborgen?

Was bisher gegolten hat, erweist sich als bloße Vermutung. Schon mein Name: Vermutung. Wenn ich es recht bedenke, bin ich sogar in der Lage, hinter den Namen zu sehen, eingeritzt neben der Nummer auf einer Schülerklotür. Was für ein dummer Brauch, Kindern Namen zu geben, ihnen das Wort aufzudrücken, das sich nicht ableugnen lässt, obwohl es ihnen häufig weder gefällt noch entspricht. Und wenn man so ein Kind fragt, *Was willst du einmal werden?*, meint man nicht etwa den Fall einer großen Verwandlung, sondern bloß den Beruf.

Geschichten zu verbreiten ist aber kein Beruf. Eine Zumutung ist es, denn was im Schreiber nur flüstert, kommt im Leser zum Klingen, und seine Wahrheit verblasst im Licht der fremden Erfindung. Und was, wenn eine Geschichte oder auch nur eine Szene daraus so lange im Leser nachwirkt, bis sie verwirklicht ist, dem Anschein nach von allein, oder indem er sie, gleichsam hypnotisiert, im eigenen Leben nachstellt?

Würden wir je so groß und geschickt, wie man es Kindern vorhersagt, wäre ich heute Dichter; doch keiner von Rang und Namen, keiner, der nach Publikum schielt, um vor ihm auszustreuen, was er von der Liebe weiß oder von der Angst, oder, noch schlimmer, von sich, mehr ein stiller Bewahrer dessen, was ihn streift und umschwirrt. Ich schriebe nicht für die andern – und nicht für die Nachwelt, gibt es denn eine? –, schließlich bleibt unbestimmbar, ob, was im Augenblick gilt, nicht binnen kurzem alle Gültigkeit verliert.

Wir haben eine Geschichte – belegt ist nur Mamas Version. Einer ihrer Filme zeigt mich wenige Stunden, bevor die Krankheit begann. Ich halte mein Weihnachtspäckchen dicht vor ihr Objektiv, beäuge es von der Seite, zupfe gelangweilt am Band, schüttle es dicht am Ohr, halte es gegen das Licht. Den nächsten Akt zeigt das Video nicht. Das Ding fliegt gegen die Wand. Danach sitzt das Kind, in sein Zimmer verbannt, krakelnd über ein Album gebeugt. Schon fliegt die Türe auf. Die Mutter, jetzt freundlich, tritt ein. Das Album wird zugeschlagen. Das weckt erst recht ihre

Neugier. *Was schreibst du denn Schönes? Zeig!* Das Kind hält das Büchlein umklammert, als wolle sie's ihm entreißen, schüttelt heftig den Kopf. Die Mutter schnappt wieder ein, *Geheimnisse machen einsam*, schließt das offene Fenster, dreht das Zimmerlicht ab, lässt das Kind wieder allein.

Bald darauf liegt es im Bett, zählt angestrengt Schaf um Schaf. Wie eine plötzliche Taubheit fährt die Stille es an, und die Dunkelheit, schwärzer denn je, gräbt sich in seine Augen. Es wagt nicht, das Licht anzuknipsen. Es könnte den Schatten sehen und müsste womöglich feststellen, dass der Schatten in Wahrheit der fassbare Körper wäre und es selbst bloß sein Abbild.

Käme doch nur die Mutter, einmal noch, um zu trösten! Die Mutter kommt nicht von allein. Aber sie rufen? Nein! Das Kind darf sie nicht strapazieren. Zu viel ist ihm schon geschenkt. Und viel zu gefährlich wäre es nun, die Nähe der Eltern zu suchen. Möglich, man träfe andere, Monster etwa und Geister, die in Elterngestalt Ochs und Eselin spielten. *Da ist es wieder. Hörst du es nicht? Hilf mir, ich kann nichts sehen!* Wer ist es, zu dem es spricht? Wer rät ihm, nach der Kerze zu tasten, die noch im Klemmhalter steckt, mit dem es sie vorhin vom Baum gepflückt und heimlich eingesteckt hat? Es reißt die beschriebene Seite aus dem verfluchten Buch, hält sie über die Flamme, bis sie sich knisternd krümmt. Dann beugt es sich übers Feuer, atmet begierig den Rauch. Und wie ihm die Tränen kommen und seine Stirne glüht! Der Brand frisst sich schnell an die Finger. Der Schnipsel segelt zu Boden, dort glost er gemächlich weiter. Endlich, beruhigt durchs flackernde Licht, fällt das Kind in traumlosen Schlaf.

Sobald mir die Zeit wieder lang wird, denke ich an die Heilige Nacht – und jedes Mal durchlebe ich's neu, als rissen mich Mamas Schreie aus einer seligen Ohnmacht. Ich wusste schon damals nicht, warum sie geschrien hat. Es konnte nichts Großes sein, wo ja draußen in der Welt alles in Ordnung blieb. Nur die Eltern verhielten sich ungewöhnlich, griffen mir an die Stirn, legten mich in ihr Bett. Nie verloren sie ein Wort darüber, was passiert war, während ich schlief. Nur das Brandloch im Teppich schürte meinen Verdacht.

Nimm die Hände von deinem Gesicht!
    Ich nehme die Hände von meinem Gesicht. Da senkt der Wärter den Blick.

*

Die meiste Kraft geht dafür drauf, zu tun, als sei ich normal. Das Schauspiel hab ich mir auferlegt wie die heimlichen Pflichten. Zum Beispiel Pflasterfugen überspringen oder so und so oft den Lichtschalter betätigen, um das Eintreten eines Unglücks zu verhindern. Dauernd erkundigt sich Mama, *Warum schläfst du im Sitzen? Warum schläfst du bei Licht?* Mir fällt nichts Besseres ein, als *Wegen dem Kopfweh* zu sagen.
    Und wirklich, im Kopf rumort was. Jemand bewohnt ihn, hält ihn besetzt, geht darin ein und aus. Nie bin ich sicher, wie lange er bleibt. Oft geriet ich in Furcht, mein Kindergesicht an ihn zu verlieren, seit ich im Fieber lag, in der Furcht, zu verglühen, oder dass in der Sekunde, da ich nach meinem Puls griff, eine Herzader platzte. Ah, die schnurrige Komik einer sorgsam verschlossenen Tür in der Kindergewissheit, dass früher oder später wer kommt, das Tischlämpchen abzudrehen, obwohl einem beim Zubett-

gehen hochheilig versprochen war, es über Nacht an zu lassen! Oder die Furcht vor Gespenstern, die einen so einsam macht. Vertraute man sie irgendwem an, man würde sich höchstens blamieren oder verdächtig machen.

Furchtbar ist es, wenn's nicht gelingt, ein Missgeschick zu verbergen, ein nasses Betttuch am Morgen oder ein blutiges Knie, das Knistern des Feuers im Vorhang, Mamas Geschrei vor dem Cut.

Mama ist abergläubisch, klammert sich ans Konkrete. Nimmt sie wie üblich an, dass mit mir was nicht stimmt, braucht sie klare Symptome, etwas, das sich benennen und aus der Welt schaffen lässt, am besten mit einer Arznei. *Natrium muriaticum*, *Staphisagria*, *Sepia* – man nehme es sechsmal am Tag, zu dieser und jener Stunde, auf keinen Fall gleich nach dem Essen, nicht vor dem Zähneputzen, wohl am besten im Stehen. Ich werfe mir ihren Milchzucker ein, D12, D6, D-tausend, ein ganzes Fläschchen von mir aus. Sie fühlt sich dann klug und nützlich, heilkundig, wasweißich. Manchmal geht was daneben, dann kullern die Zuckerkugeln lustig übers Parkett. Manchmal rutsche ich aus.

Vermutlich streut Mama heimlich ihre Globuli aus, einem erwarteten Hausgeist auf die Schliche zu kommen. Vom Knall geweckt steht sie da, im Nachthemd in meiner Tür – *Was treibst du denn noch so spät? Warum schläfst du denn nicht? Tut dir der Kopf wieder weh?* Sie rutscht auf Knien durch mein Zimmer, leckt, die Zunge hündisch gereckt, die Zuckerkugeln vom Boden – *China officinalis, wäre doch schade darum!* –, rappelt sich auf, blitzt mich an, *Schau, meine Knie sind wund.* Ich lächle bei dem Gedanken *Zu Ostern werden sie bluten* und entschuldige mich. Einige ihrer Kugeln wird sie wohl übersehen. Was, wenn es eines

Tages in den Ritzen des Eichenparketts üppig zu keimen begänne – würde dann Weiß zu Grün?

Hallo, hörst du mich nicht? Der Wärter winkt vor meinem Gesicht – *Hat's dir die Sprache verschlagen?*
 Bestimmt hat mir nur die Stimme versagt.
 Wenn du nicht reden willst, schreib!

*

Der Warteraum ist gar keiner, mehr eine Zelle, nicht sonderlich groß. Die Uhr an der Wand zeigt zwei vor zwölf. Der Wandspiegel ist verhängt. Vor mir auf dem Tisch: ein Bleistift und ein paar Bögen Papier. Was sie von mir erwarten, kann ich mir durchaus denken: eine Zeugenaussage oder Verteidigungsschrift. Vielleicht sogar ein Geständnis. Meine Wahrheit ist zu gering gegen ihren Verdacht.

Ich starre stur aufs Papier, bis es vor meinen Augen wieder zu schneien beginnt. Ich bin Lady Liberty, gefangen in einem Glassturz, darin herrscht ewiger Winter. Die Schneekugel, *Made in China*, Andenken aus New York. Mama schüttelt sie, lacht. Sie gleitet ihr aus der Hand, schlägt auf dem Boden auf, platzt. Das Wasser spritzt an mir hoch, Schneekörnchen flitzen munter in sämtliche Zimmerecken, einige flüchten zwischen die Dielen, hölzerne Schützengräben. Ich wünschte, ich könnte wie sie in einer der Ritzen verschwinden. Die feindliche Kugel trifft. Ich merke, wie das Blut warm zu sickern beginnt und gehe wimmernd zu Boden, die Arme über dem Kopf, während die süßen Graupeln auf meiner Zunge zergehen. Mama steht rauchend am Fenster, schnippt die Asche ins Schnapsglas, *Schnappst du jetzt völlig über? Lass uns doch reden, Kind!*

Wenn Mama redet, werde ich stumm. Ich hasse unsere Gespräche, die Schluchzer, Klagen und Seufzer, die Sorge um den Fortlauf der Welt, ihre Sorge um mich. *Du kannst so nicht weitertun.* Wann hört sie endlich auf? Ich sage, ich sei zufrieden. Sie meint, das könne nicht sein, wer so einen Stuss erfinde, sei mit sich nicht im Reinen. *Und was, um Himmels Willen, tust du den Lesern an!* Man wisse, sagt sie, nicht einmal, wer die Figuren sind, was sie im Schilde führen ... Die Leute, behauptet sie, sehnen sich nach Geschichten, bei denen sie mitträumen können, ein bisschen hoffen und bangen bis zum glücklichen Ausgang. Man werde sich noch an mir rächen für die Irritation, mich verspotten, verreißen und für verrückt erklären. *Schreib doch einmal was Schönes!*

Mama hat das Frauenmagazin nur meiner Storys wegen vor Monaten abonniert. Davor, so meint sie jetzt öfter, sei alles besser gewesen. *Weißt du nicht um die Macht finsterer Prophezeiung?*

Der Mensch hat die kindhafte Sehnsucht, an Geschichten zu glauben, und alles leidet er mit, nicht nur, wenn es gut ausgeht.

Ich bin gegen Happy Ends. Wer den Elenden trösten will, muss ihm vom Schmerz erzählen und ihn nur lange genug durch die Finsternis lenken, dass er sein Denken und Fühlen wieder zum Hellen richte. Mama behauptet doch auch, man heile Gleiches mit Gleichem und schwelgt in der schwarzen Chronik, um sich am Schicksal der andern gefahrlos zu erleichtern. Ich will sie nicht glauben lassen, alles sei noch beim Alten. Sie glaubt die Vergangenheit gut, weil sie ihr nichts mehr tut. Dürftig sind ihre Beweise – Bilder, auf denen ich klein bin, und dort, wo alles groß ist und gut und alles an seinem Platz. Neulich, wahrscheinlich gestern, stand ich wieder vorm Küchenregal, darauf die Fotos, auf denen wir lachen, Papa, Leon und ich. Nichts ist trauriger als ein Lachen, dem man sich nicht anschließen kann.

Mama blieb im Gestern zurück. Holt sie die Gegenwart ein, trinkt sie einen über den Durst, ruft Papa und mich zusammen, führt ihre Videos vor. Dann beamen wir uns gemeinsam zurück und wundern uns oder wundern uns nicht, weil wieder jeder was anderes sieht und manches doch unsichtbar bleibt.

Das Schöne und Gute, an dem sie so hängt, kriege ich kaum zu Gesicht. Die uralten Polstermöbel sind mit Laken verhängt gegen die Zeichen der Zeit. Alles steht wie zum Umzug bereit, oder wie eingemottet, aufbewahrt für ein Später, das es auf Erden nicht gibt. Mama wattiert sich das Jetzt mit ihrer Nostalgie.

Das Haus ist ein einziger Stauraum, voll mit leblosen Dingen, die uns den Weg verstellen. Sie haben den Zweck, zu gefallen, aber sie können es nicht. Alles erstickt an toter Substanz. Man verheddert sich, stolpert, stößt sich den Kopf daran, begleitet von dumpfen Geräuschen, gefolgt von Vogelgezwitscher. Sofort ist Mama zur Stelle, verabreicht mir Notfalltropfen. Im Nu ist sie wieder zugange, irgendetwas zu stapeln, zu speichern, zu konservieren. Sie pökelt, dörrt und kühlt und kocht ein, knipst, filmt, dokumentiert. Sie hat eine ganze Mappe voller Zeitungsartikel, die sie zwar seltsam erregten, aber niemals betrafen.

Einst war im Tagesanzeiger in der Rubrik Lokales von einem Brand zu lesen: Ein Paar und sein kleiner Sohn seien in den Flammen gestorben, nur das ältere Kind habe man lebend geborgen. Schon bei der ersten Befragung habe es zugegeben, das Feuer gelegt zu haben, jedenfalls heimlich gezündelt.

Neben den Fotografien auf dem Küchenregal stehen drei Honiggläser, randvoll mit Formalin, darin die Nasspräparate. Auf jedem ein Klebeschild, Namen in blassblauer Schönschrift – Ilse, Pippa und Klaus. Nur Leon ist nicht mehr da, der hat den Absprung geschafft. Fragt einer nach seinem Verbleib, sagt Mama, er sei in New York.

Mich lassen die Eltern nicht gehen, behaupten, ich hätte es gut hier, besser als irgendwo sonst. Dann und wann fragen sie spöttisch *Wo willst du überhaupt hin?*, als sei die Welt da draußen gar nicht für mich gemacht, und ich frage zurück, allerdings nur in Gedanken: *Wann mottet Mama mich ein? Wann stopft sie mich aus, legt mich ein?* In manchem Traum sehe ich sie, den Finger am Auslöser, lauernd. Sie hält mir die Kamera knapp vors Gesicht, presst mir ein Lächeln ab, *Schau nicht immer so ernst!* Was nicht auf dem Schnappschuss zu sehen ist, existiert vielleicht nicht. Vielleicht nicht einmal die bessere Zeit, da sie für ihre Knöpfe die richtigen Löcher fand. *Kind, wie alles vergeht!*

Einmal, in einem Anfall, riss sie die Batterie aus unserer Küchenuhr – *Mir geht das alles zu schnell!*

*

Gäbe es einen Countdown, das Warten fiele mir leicht. So aber macht es mich müde, weckt die Gier nach dem Gift. Arsenicum, Opium, Bulgur …, Hauptsache, ordentlich Zucker! Ich wühle in meinen Jeans, finde das Globulifläschchen, schütte mir eine Ladung in den trockenen Mund, lutsche mit vollen Backen. Den Rest zerstampf ich zu Pulver, ziehe es mir in die Nase, stopfe es in die Ohren, warte, dass was passiert.

Kündigt sich einmal Besuch an, was äußerst selten geschieht, deckt Mama die Honiggläser mit einem Tischdeckchen ab. Danach wird aufgetischt und gelacht, man füllt die Gläser bis über den Rand und prostet einander zu. Erst wenn die Türe zufällt hinter dem letzten Gast, zeigt man wieder sein wahres Gesicht. Oder man zeigt es nie.

Neulich zeigte Mama wieder den Videofilm: das Kind an seinem Geburtstag, kurz nach dem langen Fieber. Sie nippte nervös am Schnaps, wiegte bedrückt den Kopf, *Schau, wie blass du noch warst!*, und kommentierte alles – wohl weil es ein Stummfilm ist. In einer längeren Szene sieht man das Kind mit verbundenen Augen, einen Kochlöffel in der Hand, über den Teppich krabbeln, unentwegt klopft es dabei mit dem hölzernen Ding auf den Wohnzimmerboden. Zweimal, dreimal stößt es wo an, am Tischbein, am Divan, zuletzt am Klavier. Dann grinst es und schlägt in die Luft. Mama bemerkte vergnügt: *Schau, wie lustig du warst!*

Aber das Kind ist nicht ich. Zwar besitzt es ähnliche Züge, doch ist es mir völlig fremd, wie es sich durch den Raum bewegt, als gehöre mein Leben ihm, ohne mich darum zu bitten. Sicher, es sieht die Zeit nicht voraus, in der sich sein eigenes Schicksal vollzieht, sieht noch nicht, dass es gebrochen wird, damit ein anderer aus ihm entsteht, und wieder ein neuer und wieder, ein ewiges Häuten, Knacken und Schälen bei lebendigem Leib, bis sich der letzte in Falten legt und endlich das Zeitliche segnet.

Geht da einer verloren? Kommt da einer hinzu? Hat das Kind eine Ahnung? Vielleicht weiß es mehr als ich.

Mama weiß alles besser. Sie meint, sie besitze die Gabe, in Gesichtern zu lesen, Glück und Unglück darin zu sehen, selbst das geheimste Geheimnis. Das Stummfilmkind schneidet Grimassen. Dann hüpft es auf einem Bein. Mama klatscht sich die Schenkel. Ich neide diesem Witzbold ihre Aufmerksamkeit. *Während der Fieberkrankheit hast du so komisch geredet. Oft in der dritten Person. Ich dachte, das hört nie mehr auf.* Ich erinnere mich. Ab und zu trat sie ans Bett, mir etwas Hartes, Kaltes unter die Achsel zu schieben. Und jedes Mal war ein Seufzen zu hören, wenn sie es wieder entfernte. Ich wollte ihr nichts erklären, starrte nur stur auf die Bildschirmfigur, die sich nicht steuern ließ, vermutlich nicht einmal von Gott. Warum sonst sieht Gott tatenlos zu, wenn einer über den Abgrund läuft, ohne den leisesten Schimmer einer Lebensgefahr, immer geradeaus, bis er zu schlechter Letzt, da er die Tiefe unter sich merkt, plötzlich bodenlos fällt?

Stellt Gott unser Schicksal auf Autopilot, wenn ihm langweilig ist? Oder er kann gar nicht lenken.

Von wem hast du damals geredet? Kannst du dich noch erinnern?

Was man für Erinnerung hält, ist vielleicht nur ein Film. Einzelne Bilder brennen sich ein, bleiben frisch im Gedächtnis – zwei Engel auf einem Hochhausdach, einer von ihnen springt. Oder die Anfangsszene im Biopic über Ray Charles: Der Zuschauer sieht einen blattlosen Baum. Leere Flaschen hängen daran, weiße, grüne, braune, klirrend vom Wind bewegt, darunter der dunkle Knabe, die Hände überm Gesicht, während, was der Zuschauer sieht, zu fließen beginnt und verschwimmt. Später sieht man den Kleinen mit seiner jungen Mutter auf der Veranda stehen. Sie lenkt ihn zur hölzernen Treppe, die zum Vorgarten führt. Ob er sich eingeprägt habe, wie viele Stufen es sind? *Vier*, sagt der Kleine, die Mutter sagt *Gut*. Damit ist alles gesagt. Mit sechs musste Ray mit ansehen, wie sein jüngerer Bruder im Badebottich ertrank. Kurz darauf, so die Legende, verlor er sein Augenlicht.

Warum greift Gott nicht ein, wenn ein so kleines Bübchen heimlich zum Wasser geht? Wäre er wirklich gütig, hätte er sicher bestimmt, dass Ray schon vorher erblindet.

In einer einzigen Szene ihres Videofilms taucht Mama selber auf. Man sieht sie ihr Halstuch lockern, dem Kind die Augen verbinden. Dann dreht sie es lachend im Kreis. Nach der achtzehnten Drehung lässt sie die Arme fallen.

Mama, dreh ab, ich will das nicht sehen!

Mama ermahnt mich, leise zu sein, drückt energisch das Lautstärkeplus auf ihrer Fernbedienung. Offenbar hat sie vergessen, dass es ein Stummfilm ist. Das Kind dreht sich langsam weiter, taumelt blind durch ihr All, findet nie mehr zurück. Später sieht man den Ichling, die Augen noch immer verbunden, über den Perser krabbeln. Fünf Kinder sitzen am Boden ringsum, rufen ihm etwas zu, wahrscheinlich *Warm* oder *Kalt*. Er reißt das Halstuch von seinem Gesicht, reißt endlich den Kochtopf vom Boden. Man sieht die anderen Kinder wortlos die Hälse recken und die Augen verdrehen. Dann reißt die Szene ab. Ich aber sehe weiter, sehe dieselben Kinder Tage später den Nachbarhund kraulen, dem ein Hinterlauf fehlt. Und wieder ein paar Tage später sehe ich sie im Wald sich dem Stummfilmkind nähern.

Ich halte die Hände vors nasse Gesicht.
Was hast du? Der Film ist doch aus.

Es ist die Stelle am Bach, wo das Kind gerne spielt. Meistens spielt es allein. Über mehrere Wochen hat es am Staudamm gebaut mit Findlingen, Stöcken und Lehm. Jetzt, da mit dem Wasser auch das Selbstgefühl steigt, tauchen wie gerufen die Bewunderer auf.

    Das Herz macht den Trommelwirbel, der Atem wird kurz und flach. Schon sind die andern zur Stelle, sichten das Bauwerk, tauschen den Blick, und Emil, der sonst so still ist, tritt einen Schritt vor die anderen und grinst – *Hast du den Scheiß da gebaut?* Das Stummfilmkind zuckt die Schultern. Das Blut weicht aus seinem Gesicht, und sein Lächeln gefriert. Die Gaffer steigen nervös von einem Fuß auf den andern, blinzeln sich Botschaften zu, und Emil, der sonst so Stille, reckt sein fliehendes Kinn: *Hast du nun oder nicht?* Das Stummfilmkind springt auf den Damm, stampft und trampelt drauf herum. Was in Wochen der Mühe entstand, ist in Sekunden dahin. Endlich beruhigt es sich, schaut sich nach allen Richtungen um. Die anderen sind verschwunden, und ringsum schweigen die Bäume, als wären sie nie dagewesen.

Das Album, das unter dem Kochtopf lag, roch nach Leinen und Leder, und es lag ein Bändchen darin, seiden, zinnoberrot. Die Mutter ordnete an, es an andere zu geben, Mitschüler, Nachbarskinder, dass sie Einträge machten. Das Kind folgte widerwillig. Es war ihm nicht geheuer, dass jedes Kind seines Alters ein solches Schmierheft besaß, darin die Tugendsprüche und Schwüre ewiger Freundschaft und Sticker und Kritzeleien – dazu oft ein Eselsohr, darauf die Warnung *Nicht öffnen*, darunter das Immergleiche: *Du sollst nicht so neugierig sein!* Nach Emils Eintrag aber, ausnahmslos alle Strophen des Goethe'schen *Zauberlehr-*

lings auf insgesamt sieben Seiten, hörte es endgültig auf, das Album weiterzugeben, schrieb nur noch selbst hinein; obwohl, es kam ihm so vor, als gesellte sich einer zu ihm und sagte ihm alles ein – auch, wie es anzustellen sei, sich an Emil zu rächen.

Kurz vor dem Ende des Films sieht man das Kind verheult. Die Filmerin zoomt ihm hart ins Gesicht. Lautlos bewegt es die Lippen. An dieser Stelle spult Mama jedes Mal ein Stück weit zurück, zu sehen, ob sie die Worte errät, und wieder beginnt das Stummkind von vorn, und wieder errät sie sie nicht.

*

Die Uhr an der Wand zeigt zwei vor zwölf. Der Zeiger zuckt auf der Stelle. Ich traue der Stille nicht. Das Fehlen jeglichen Tons kann nur Einbildung sein. Es gibt keine völlige Lautlosigkeit, in die nicht der eigene Herzschlag dringt, oder das Rauschen des Bluts oder ein Atemgeräusch, oder das Prasseln von Milchzuckerkugeln auf dem Eichenparkett. Der Anblick von Uhren beruhigt mich. Das Schauen verschiebt sich, wird flach, allerdings nicht für lange.

Eigentlich geht es mir gut. Ich leide nicht Hunger noch Kälte, und der Bildschirm ist an. Werde ich unruhig, geh ich zum Fenster, schaue, ob etwas passiert. Alles seh ich wie immer, sogar mit geschlossenen Augen, unseren Straßenabschnitt, den Weidenbaum, das Haus nebenan, und hinter beschlagenen Scheiben den Alten, der darin wohnt, oder sagen wir so: darin hockt und brütet, als müsse er es bewachen. Als der aus dem Krieg zurückkam, lange vor unserm Einzug ins Haus, hatte er nur noch ein Bein, aber, so sagten die Leute, mehr als genug Wut für zwei.

An manchem wärmeren Tag sah man den Alten auf Krücken hinter dem Gartentor stehen und auf dem Tor ein Emailschild mit dem Kopf eines Hunds – *Hier wache ich*, stand darunter, *Eintritt auf eigene Gefahr*. Nie sah ich einen Hund, und keinen, der Einlass begehrte.

Als Kind stand ich abends am Fenster, erpicht, einen Dieb zu ertappen, nein, ihn nicht zu ertappen, sondern auf frischer Tat zu erspähen, jenen letztlichen Retter, der es zuwege brächte, den immer grimmigen Alten vom Fluch seines Gelds zu befreien. Häufig lehnte der reglos an seinem Gartenzaun, die Augen zusammengekniffen, wie einer, der etwas sucht. Meistens suchte er Streit, schimpfte auf Gott und die Welt, auf Nachbarn und bellende Hunde, oder auf fremde Leute, von denen er aus der Zeitung erfuhr. Selbst die Kinder machten nichts recht, grüßten zu leise, lachten zu laut, ihr Spielen nannte er Lärmen. Oft ballte er seine Faust, drohte, sie in den Keller zu sperren, aber die Kinder, im Schutz der Gehege, lachten den Alten nur aus – *Fang uns doch, Kinderschreck!* Kinder sind seltsame Wesen. Der Hund mit drei Beinen tut ihnen leid, nicht der Mensch mit nur einem. Und Mitleid – kostbares Gut! Stirbt ein Verwandter, sind sie betrübt, stirbt ihre Katze, verzweifelt. Dann wieder muss ein Bienchen ins Wasser, zu prüfen, ob es denn schwimme.

Kinderzeit: Alltagstage, knapp und vorhersagbar, nicht Gefahr noch Erbauung zwischen Mauern und Gattern, Festungen gegen die Welt der Hungersnöte, Kriege und Naturkatastrophen, die pünktlich zur Nachrichtenzeit in die Gemütlichkeit platzten, auf Knopfdruck laut oder leise, jederzeit abstellbar, immer gerade genug, sich ein wenig zu gruseln, halbherzig zu empören.

Hausfrauen und Pensionisten saßen schon gegen Mittag vor ihren Flimmerkisten, stumpf wie die Bären im Zoo, betäubt vom ständigen Kreisen auf immer engerem Raum, ein- und ausgeschlossen in ihren Herrschaftshäusern, wo sie einsam erloschen, von niemandem mehr vermisst. Zuweilen sah man am Fenster eine Gardine zucken, dahinter ein müdes Gesicht mit dem ergebenen Ausdruck armer, furchtsamer Tiere. Manchmal schnitt einer Grimassen, die Augen glasig vor Mühe, drunten auf der Straße irgendwas zu entdecken. Waren es spielende Kinder, packte die Alten die Wut, wohl weil sie bei ihrem Anblick ihr kindliches Selbst erkannten, das nicht mitspielen durfte, eingesargt in den welken, völlig entkräfteten Leib. Nichts blieb diesen alten Kindern, als hinter Scheiben und Zäunen auf jeden Fehltritt zu lauern, um ihr stockendes Blut in frische Wallung zu bringen. So gesehen war es durchaus eine kindliche Pflicht, irgendwas anzustellen, die versteinerten Krieger aus der Reserve zu locken.

Alles war gut, was versprach, aufregender zu sein als der gestrige Tag und die Tage vorher.

Ich erinnere mich an einen Wintermorgen, das rege Stimmengewirr, das von der Straße drang. Blaulicht durchblitzte mein Zimmer, und als ich ans Fenster trat, sah ich durchs Eisblumenglas auf dem Gehweg vor Emils Haus einige Nachbarsleute um einen Liegenden stehen. Mama war unter ihnen, außerdem Emils Eltern und der mit nur einem Bein, auf seine Krücken gestützt. In selten schöner Eintracht standen sie tatenlos neben fremden Passanten, und mancher, der nun hinzutrat, schlug sich die Hand auf den Mund. Ein Ehegespann aus dem drittnächsten Haus, in Pyjama und Schlappen und plüschigen Bademänteln, trat in den Kreis und bekreuzigte sich. Sie standen so dicht an dicht, dass es mir nicht gelang, den Liegenden zu erkennen. Zwei Rettungsleute traten aus dem hermetischen Kreis. Dann kam ein weiterer Wagen, die Scheiben im Fond mit Gardinen verhängt. Da hob der Krieger den Blick. Pfeilschnell duckte ich mich, kroch zu meinem Schreibtisch, kramte mein Album hervor, fand das seidene Bändchen ungewohnt zwischen den Seiten. Hat jemand darin gelesen?

Von jenem Morgen an verließ der stille Emil nur noch selten das Haus – und ein anderer Bote trug die Zeitungen aus.

*

Gäbe es einen Countdown, ich müsste die Zahl erraten, von der ich herunterzählen soll. Ist es die Anzahl der Seiten, die bis zum Ende bleiben? Verflucht sind die Tage und Nächte, da ich an Entwürfen saß, nur um sie zu vernichten, und nicht aus Unvermögen, einen Schluss zu erfinden, sondern aus Furcht, es bewahrheite sich, was ich da spintisierte. Ein Mensch verschwände für immer in einer Fotokabine! Nein, man kann nicht so tun, als sei das Erfundene harmlos. Einst hatte ich den Einfall in mein Album notiert, einen Kübel Wasser vor Emils Haus auszuschütten. Fröre es über Nacht, glitte er darauf aus. Wer hätte das vollbracht? Vielleicht mein heimlicher Leser.

Die Stadtverwaltung musste Wind davon bekommen haben, dass sich in unserer Straße die Winterunfälle mehrten. Jedenfalls wurde vom Amt verfügt, dass, wenn ein Fußgänger unglücklich ausglitt, der Eigentümer des an den betreffenden Wegabschnitt grenzenden Grundstücks an den Verunfallten oder dessen Erben Schmerzensgeld zu zahlen habe. Dieser Strafzahlung wegen war man fortan bemüht, den Gehsteig sicher zu halten. Schon beim ersten Frost streuten die Anwohner Splitt.

Ich werde tun, was man von mir verlangt, festhalten was ich festhalten kann, vom Verlust all dessen erzählen, was ich gestern noch glaubte zu sein – und vom Kind, das ich war, als die Verwandlung begann: Das Kind liegt nachts im Bett, allein mit seinem Pulsschlag in der gespenstischen Stille. Mit einem Mal fällt ihm ein, das Träumen verlernt zu haben, womöglich sogar das Schlafen. Immer nervöser versucht es sich ins Gedächtnis zu rufen, wie man es anstellen müsste. Was ihm jetzt helfen könnte – eine Hand an der Wange oder ein liebes Wort oder ein Prasselregen, das freundliche Tröpfeln und Plätschern in den Abwasserrinnen. Ein unaufhörliches Fließen!

Es spitzt seine Ohren, horcht. Da ist doch noch jemand. Wer? Schon ziehen vor seinen Augen alle Geschichten von Mördern vorbei, die es bisher gehört hat. Schon sieht es sich Widerstand leisten, *Raus! Sofort! Ich weiß, du bist da!* Wäre es klüger, sich schlafend zu stellen? Gefährlich knarren die Dielen. Was kümmert's den Hasenfuß, ob draußen ein stürmischer Wind tobt. Wäre auf einmal nichts mehr zu hören, führte er es darauf zurück, dass dem Mörder, die Hand an der Klinke, der Atem ebenfalls stockt, weil der Mensch vor der Tat mit sich ringt. Kurzen Prozess und Tür auf oder noch einmal das Ohr an die Tür, sicherzugehen, dass das Opfer schon schläft? Ob's mit dem Nudelholz wartet? Ob jetzt nicht beide, Ohr an Ohr, nur durch ein dünnes Türblatt getrennt, den jeweils andern belauern? Möglich, der Mörder weiß, dass der vermeintliche Schläfer den Schläfer im Grunde nur mimt. Sähe er sich gezwungen, auf Nummer sicher zu gehen, wäre es schließlich besser, sich im Bett aufzurichten, die Hände erhoben, bereit, um sein Leben zu flehen, oder das Licht anzuknipsen, selbst die Tür aufzureißen … Vielleicht ist es nur der Vater, mondsüchtig oder bloß auf dem Weg zum Klosett. Man könnte genauso gut einem Gespenst begegnen oder dem früheren Selbst. Nein, die Tür bleibt geschlossen! Und alles bleibt lächerlich, auch die Hoffnung, es käme ein Dieb und nähme den Hausrat mit.

Nächtelang wacht das Kind, ohne an Schlaf zu denken, traut sich erst bei Anbruch des Tags, die Zimmertüre zu öffnen, um draußen am Gang auf der Hut die Blicke wandern zu lassen über Regale und Schränke, überzeugt, dass irgendwas fehlt, grübelnd, was es denn sei, und – merkwürdig, keinerlei Einbruchspuren! – ein Gespenst im Verdacht hat, bis es eines Morgens beschließt, allen Besitz zu verschenken, um nicht bestohlen zu werden.

Doch ist es wirklich der eigene Geist, der es Nacht für Nacht heimsucht? Führt nicht der Weg zum Ich immer zum anderen hin? Da ist dieser ewige Zweite, einer, der alle Bekannten zu einem einzigen Wesen vereint, jeder und niemand zugleich, Inbild eines Vertrauten, den man in Wahrheit nicht kennt. Einen solchen wird man nur los, indem man von seinem Verschwinden erzählt, als sei man dabei gewesen.

Der Wink des Chefredakteurs: Ein Paar steht am Felsenrand. Mindestens einer springt. Ich müsste es aber angehen, ohne Spuren zu legen, denen irgendwer folgt, der es nicht gut mit mir meint, etwa an Tatsachen drehen, die Handelnden unkenntlich machen, den Ort des Geschehens verlegen, auch die Zeit des Geschehens, außerdem alles so arrangieren, dass es zu einer Art Bühnenspiel wird, mich unters Publikum mischen, Zuschauer unter Zuschauern sein – schon träten an meiner statt die Hauptfiguren ins Licht. Zwar fände man manche Gemeinsamkeit zwischen denen und mir, aber auch Unterschiede. Name, Alter, Beruf – in nichts davon sollen sie mir gleichen. Die Handlung gestalte ich schlicht: Einer geht nachts im Schneesturm immer dieselbe Straße entlang, um den einen zu finden, der ihn erwartet, erkennt. Auf dem Weg geht ihm auf, dieser Jemand bin ich.

Mein Name tut nichts zur Sache. Seiner soll Sobek sein.

Zwischensequenzen

> Wahrscheinlich war Papa in seiner Erzählung von der Herkunft seiner Zootiere so ins Schwärmen gekommen, dass mir die Bilder von Shuyak Island mit denen vom Nil verschwammen.
> *Undatiert*

In einer Nacht im Dezember, nach einem langen Tag, von dem noch die Rede sein wird, ist Sobek, ganz in Gedanken, auf dem Nachhauseweg. Unschwer, ihn zu beschreiben: Ein Mensch, der nicht viel von sich weiß. Alles, was er, wenn er denn sucht, in seinem Inneren findet, ist ein verlorenes Kind, dem er gelegentlich wirre Geschichten erzählt. So spricht er, so kleidet er sich, obwohl er recht eitel ist, und selbst sein Gesicht hat die Züge eines an seinem Werden völlig Desinteressierten. Ginge er unter Leute, er fiele niemandem auf. Doch aus der Nähe gesehen, beeindrucken seine Augen mit den schmalen Pupillen. Ihr Ausdruck ist immer gleich, einerlei, was er betrachtet.

Jetzt geht er die Straße stadtauswärts, der Wind beißt ihm ins Gesicht, aber er spürt es nicht, spürt auch die Kniewunde nicht, weiß nicht, wo und wie er gestürzt, nicht einmal, dass er gestürzt ist. Ein Heimgang wie immer, denkt er, oder beinah wie immer, denn etwas Ungewöhnliches liegt in der Nacht, und umso ungewöhnlicher, als nur er es bemerkt: Taghell scheint ihm die Nacht. Doch liegt das nicht im Geringsten an der Straßenbeleuchtung. Er legt den Kopf in den Nacken, schaut zur Laterne auf, sieht die OP-

Leuchte über sich, fünfzigtausend Lux oder mehr. Allmählich setzt sein Gedächtnis ein – ein Arzt beugt sich über ihn, will die Kanüle setzen. Augenblicks reißt der Film.

Sobek reibt sich die Augen. Nach dem Besuch beim Arzt war er nicht mehr er selbst. Er trat auf die Straße hinaus, sah beim Haus gegenüber einen Pulk fremder Leute. Da, jetzt sieht er sie wieder! Sie stecken die Köpfe zusammen, starren ihn böse an, wie eine Trauergesellschaft, die einen Mörder erkennt. Gebete und Sprüche murmelnd, schwenken sie Kruzifixe, kreisen ihn immer mehr ein. Sobek macht, dass er fortkommt, biegt um die nächste Ecke. Aber nach wenigen Schritten steht er wieder vor denen – Charles Montgomery Burns, Gargamel, Cruella de Vil. Während sie über ihn herfallen, schreckt er aus seinem Traum.

Jetzt bewegt er die Lippen, stimmt einen Schlager an. Vom Text kennt er nur den Refrain, oder kennt ihn eigentlich nicht, hat sich immer verhört. Er greift in die Manteltaschen, fühlt in der linken sein Heft, rechterhand ein Skalpell. Aber warum ein Skalpell? Am Ende werden wir sehen.

Bald, denkt Sobek, ist er am Ziel, beim Elternhaus, wo er immer noch wohnt. Was er dort will? Auf sein Zimmer, sich auf dem Bett ausstrecken. Die Zeit verbringt er am liebsten im Liegen, oft in Kleidern und Schuhen, den Blick auf den Fernseher gerichtet. Das Haus hat ausreichend Fenster, aber er schaut nur zum Bildschirm hinaus, sieht Tiere, Menschen und Monster an sich vorüberziehen.

Meistens versinkt er so tief im Geschehen, dass er alles vergisst, was ihn sonst noch umgibt, aber das kommt ihm gelegen. Es beruhigt ihn zu wissen, dass zeitgleich Tausende andere seinen Bildausschnitt sehen, seinen Blickwinkel teilen, also wohl auch seinen Standpunkt und seine Sympathie für manche Nachrichtensprecher. Denen glaubt Sobek mehr als gewöhnlichen Leuten, so sie deutlich herausstellen, was ihn in seinem Urteil und seiner Meinung festigt. Keinen Besitz der Welt verteidigt er so vehement wie seine eigene Ansicht. Wer ihn beirren will, wird schnell zum Dummkopf erklärt. Doch wer ihn darin bestätigt, scheint ihm tausendmal klüger als der größte Gelehrte. Was jemand vor großem Publikum sagt, wird ja schon dadurch wirklich, dass es viele erreicht. Nachrichtensprecher, denkt er, wissen nicht nur am besten, was auf der Welt passiert, sie sehen auch manches voraus, das Wetter von morgen etwa oder den Ausgang von Wahlen. Er mag die Kultiviertheit, mit der sie vom Elend berichten, formsicher, elegant. Dort ein Krieg, da ein Unfall, ein Hochwasser, eine Seuche ... Betroffenheitsmienen ekeln ihn an. Sie stellen als schrecklich hin, was seine Lust erregt. Zum Beispiel: Er sieht Notre Dame, darauf ein Dreieck aus Flammen, die Schönheit des lodernden Turms, wie er die tänzelnden Zünglein, umgeben von dichtem Qualm, gegen den Himmel schickt. Hätte er bloß einen Zeugen, wie ihm der Tropfen der Rührung plötzlich ins Auge quillt! Und wie er dann aufschluchzt und schluckt, bis ins Tiefste ergriffen, dabei sein Geschlecht betastend, erfasst ihn auf einmal der Drang, selbst ein Feuer zu legen. Dafür bloß keine Zeugen!

Man sperrte ihn sicher ein, bekannte er seine Neigung. Auch könnte er keinem mitteilen, dass ihn meist fröhlich stimmt, was andere bitter beklagen, oder dass er sehr ernst wird, sobald die anderen lachen. Wirds auf der Bildfläche heiter, verfinstert sich sein Gesicht. Er wünscht sie alle zum Teufel, die launigen Schwätzer und Schleimer, die furchtlosen Jammerlappen, die ängstlichen Todesleugner. Bevor es ihn überkommt, gegen sie anzubrüllen, den Apparat zu zertrümmern oder um Hilfe zu schreien, wechselt er schnell das Programm, zappt sich durch die Kanäle, bleibt dann irgendwo hängen.

Meist schaut er sich Tierfilme an. Tiere verstellen sich nicht, machen alles in ernst und in echt, faulenzen, jagen, töten, dazwischen ein kurzer Geschlechtsakt. Von jedem Tierfilm erwartet er sich, Tiere bei der Paarung zu sehen. Einmal las er von Zoophilie, das hat ihn arg irritiert. Sollten all seine Lüste Krankheitssymptome sein – und falls ja, welchen Leidens, wo ihn doch einzig schmerzt, dass man sie ihm missgönnt?

Wird Sobek das Schauen zu viel, kratzt er ein klein wenig Kalk von der Wand, gibt ihn auf einen Löffel, träufelt Essig darauf, kocht das Gemisch, bis es zischt, saugt es durch ein Stück Watte in eine Einwegspritze. Der Stich – ein Beruhigungsschmerz. Behutsam zieht er am Kolben, bis sich der rote Faden in der Lösung zu kräuseln beginnt – *Ready to beam up, Jim!* Der Finger am Abdruck zittert. Schon fliegt er zu auf ein blendendes Licht in majestätischer Freude, alles erfüllt zu wissen, wovon er sonst nur träumt. Danach wird er stundenlang dösen, magische Dinge sehen, ab und zu etwas davon in sein Büchlein notieren. Darin denkt er wie ich: Manches muss geschrieben stehen, dass es überhaupt gilt. Noch das Gewöhnlichste, Kleinste ist ihm das Aufschreiben wert, das Feuer im Brombeerstrauch, die Perlen des ersten Frosts, die schrumpfenden Apfelköpfchen an einem blattlosen Ast, das, was anderen unsichtbar bleibt, also nur ihm gehört. Und erst das Große und Größte und das, was er dafür hält – erst in die Schrift gebracht wird es zu seinem Besitz.

Meist glaubt Sobek im Rausch, ein großer Dichter zu sein, Werke von Weltrang zu fabrizieren; freilich nur im Geheimen, denn die andern wären zu klein, seine Größe zu sehen. Erst die Nachwelt verstünde, was sich ihm, seiner Zeit weit voraus, hier und jetzt offenbart. Also bewahrt er sie sorgfältig auf, die Sudelblätter und Kladden voll von wirrem Gekritzel, die angefangenen Briefe an diesen und jenen und sich, selbst Schmierblätter, Einkaufszettel und allerlei Haftnotizen. Eines Tages, meint er, würde irgendein Publikum begierig nach all dem greifen.

*

Unter Menschen zu gehen kommt Sobek gefährlich vor; und nicht aus Furcht, sie täten ihm was, sondern aus Furcht vor sich. Kommt er irgendwem näher, will er ihn gleich verschlingen, aus Liebe oder Abscheu – egal. Als Kind sah er einst im Fernsehen ein riesiges Krokodil. Pfeilschnell fuhr's aus dem Tümpel, zog ein Gnu unter Wasser, schlug damit wild um sich. Der Tümpel färbte sich rot. Wäre Sobek nicht schweigsam, er käme darüber ins Schwärmen: Trotz ihrer scheinbaren Trägheit sind Krokodile flink und geschickt, fantastische Lauerjäger mit kräftigen Kiefermuskeln und gigantischen Zähnen. Unmöglich ist es der Beute, diesem Feind zu entkommen. Vor Gegenschlägen sind sie gefeit, sogar Harpunenstiche überleben sie oft, auch glühende Kohlen und Gift. Doch wäre bald jeder gelangweilt von seinen Tiergeschichten. Der eine oder andere spielte wohl interessiert, dem Anschein nach wissbegierig, doch schweifte er alsbald ab ins harmlose kleine Gerede, um sich nicht zu verstricken. Sobek bliebe allein mit dem, was ihn anrührt und reizt – gefährliche Tiere beim Sex, Räusche jedweder Art, seine geheimen Notizen.

Je wilder die Bestie in ihm an ihren Gittern rüttelt, desto zivilisierter sucht er nach außen zu sein. Reden andere von sich, sitzt er meist stumm dabei, zu keiner Bewegung fähig, als sich in der Nase zu bohren. Auf Fragen meint er fast immer, die einzige Antwort zu kennen, aber es scheint ihm absurd, sie mit andern zu teilen. Er weiß, man glaubte ihm nicht. Kriegt er den Mund doch auf, vergisst er meist mitten im Satz, was er antworten wollte. Und manchmal bricht er wie absichtlich ab.

Es überfordert Sobek, was da in ihm rumort, in die Sprache zu zwängen, die viel zu engen Begriffe, die alles bloß umreißen. Sooft er es doch versucht, sieht er, wie die andern ihre Augen verdrehen und sich in milder Verachtung über den Narren erheben, der sie so tief durchschaut. Natürlich, er sagt das nicht. Er weiß ja, man lachte ihn aus. Wer andere ins Netz seines Denkens verstrickt, wird feststellen, dass nur bei ihm bleibt, wer ein ähnliches Denken besitzt. *Was redest du so geschwollen?* Es ist ihm nicht zu entlocken.

Sobek grinst vor sich hin. Gelingt ihm einmal ein Lachen, hat er meist das Gefühl, er fletschte dabei seine Zähne. Alle Kräfte wollen angespannt sein, den nötigen Abstand zu wahren, die Förmlichkeit zu erfüllen, zu feixen, zu klatschen, betroffen zu schauen, sobald es die anderen tun, kurz, sich höflich zu geben, freundlich und interessiert, nicht aufzufallen durch Gähnen und Stieren, wenn sie sich amüsieren, an Gerüchten berauschen, am Wetteifern, Besserwissen oder am Tagesgeschehen – oder an einem Trinkspruch, der die Welt nicht berührt, sondern nur plump begrapscht. Je länger und lauter sie reden, desto lauter möchte er schreien – wisst ihr, ich halte lieber mein

Maul, weil ich euch beißen könnte. Ich könnte auch Feuer spucken, euch vor die Füße kotzen, euch meine Bilder zeigen, Handyfotos der Suppen, die mir die Mutter serviert. Was ich nicht kann: das Wetter vergleichen, eine Meinung vertreten, euer Gewäsch verstehen.

Fragt ihn einer nach seinem Beruf, drückt er sich um die Antwort. *Versager*, sagt er und lacht, *Man irrt nicht, solang man nicht strebt*. Das hat er sich angelesen. Vor längerem tönte er, er wolle kein Spießer sein, kein Inhaber, Eigentümer, der, nur weil er besäße, meinte, jemand zu sein. Lieber wäre er Gammler, Tunichtgut, Wolkenschieber … Dann aber meinte einer, Sobek habe leicht reden, da er die Beine noch immer unter den Elterntisch strecke; als sei es ein Leichtes für ihn, das Süppchen der Mutter zu löffeln. Wo eine Suppe ist, schwimmt doch alsbald ein Haar. Und was wiegt der Löffel schwer! Gäbe er ihn ab, es würde die Mutter verletzen. Er hasst diese arrivierten früheren Gossenkinder, die mit ihrem Aufstieg prahlen, während sie ihm verübeln, nicht aus Armut gekrochen, sondern von Anfang an im Fett gesessen zu sein. Wer im Fett sitzt, bleibt kleben.

Sobek will rückwärtsgehen, während er Luftschlösser baut für eine ferne Zukunft. Und tausend bewundernde Augen will er auf sich gerichtet in seiner Einsamkeit – ja, in Einsamkeit bleiben, aber alle, alle sollen ihn dabei sehen. Dann fuchtelt einer vor seinem Gesicht. Oh, hochheilige Pflicht, ganz bei der Sache der andern zu sein!

Starrst du ein Loch in die Luft? – Aber nein, aber nein!

Was manche für Trägheit halten, ist eine rauschhafte Wachheit, die ihm hilft, zu entkommen, die Luft mit Bildern zu füllen.

Die Löcher sind immer schon da, sind der Anfang von allem, die allererste Wirklichkeitsschicht. Sie gilt es so lange zu betrachten, bis sie sich auflöst, dem nächsten Bild weicht, das man wieder durchschaut, tiefer und wieder tiefer. Schaut Sobek lange genug, läuft meist ein ganzer Film. Im wildesten Durcheinander, wenn die Stimmen der andern zum Geraune verschwimmen, stellt sein empfindliches Auge die eitlen Plauderer bloß, findet schiefe Krawatten, offene Hosenschläge, oder den Rest von Kot im Sohlenprofil eines Schuhs. Wie lieblich ist doch der Fettfleck auf einem frischweißen Hemd, die Falte im sorgsam geschminkten Gesicht, der Nasenschatten des Blenders, wenn er die Zähne bleckt!

Wie alt er ist, werden sie fragen. Sobek ist neunundzwanzig, hat allerdings kein Verhältnis zur Welt, kommt sich vor wie ein Filmstar, aber im falschen Film. Sowie er für mündig erklärt worden war, begann er noch unreif zu faulen, bald der Kürze des Lebens bewusster, dabei keinen Deut klüger. Oft kommt er sich vor wie ein Jüngling, die Schonfrist schon abgelaufen, aber noch in dem Zustand, da man hochfliegend träumt, oder ein Kindgewesener, dem es nicht glücken wollte, zeitig erwachsen zu werden. In manchen Momenten glaubt er, noch nicht auf der Welt zu sein, allenfalls halbgeboren, nirgendwo angekommen, geschweige denn angehörig, ein Luftwurzler ohne eigenen Ort, ohne eigene Zeit. Dann überkommt ihn Fernweh, aber er weiß nicht, wohin; oder nur ungefähr, wohl in südliche Richtung, hin zu Wärme und Licht. Häufig wünscht er sich krank, seine Faulheit zu tarnen. Kranke, glaubt er, haben es gut, werden aller Pflichten enthoben, kriegen das beste Essen serviert, dürfen den ganzen Tag fernsehen, werden für das geliebt, was sie sind, nicht für das, was sie leisten. Heimlich spielt er mit Puppen, denen er seine Stimme leiht, damit sie gut zu ihm reden, oder erfindet sich Freunde und unsichtbare Rivalen, mit denen er Austausch pflegt. Mit echten Leuten umgibt er sich kaum. Aber gelegentlich ruft jemand an, die Rufnummer unterdrückt, atmet ein, atmet aus, meistens minutenlang, dabei niemals ein Wort. Meldet sich dieser Jemand einmal für länger nicht, beginnt Sobek, ihn zu vermissen.

Zuweilen ist er sich sicher, der Anrufer oder ein anderer habe sein Zimmer betreten, obwohl nichts in Unordnung ist. Dann wieder hört er es klopfen – *Ist da jemand? Bist du da drin? Gib mir ein Zeichen, wenn du mich hörst!*

Das Leben ermüdet ihn, es fordert, dass er es führe, aber er weiß nicht, wie. So bleibt er an manchem Morgen im Bett und wünscht sich zurück in den Schlaf, der ihn von allem Beschwerlichen trennt, und hofft, dass irgendwer komme, ihn von sich zu erlösen.

*

Verlässt er ausnahmsweise das Haus, bleibt Sobek den ganzen Tag aus, streunt stundenlang durch den Stadtrandwald, bis er sich darin verirrt. Nur wer irrt, sagt er sich ein, kommt eines Tages an; nicht an ein Zwischenziel, sondern an den Ort seiner wahren Bestimmung. Er meint, nur das Ferne, Fremde könne ihm Heimat sein.

Einmal kam ihm der Einfall, an einen Strand zu gehen. Aber da war kein Strand. Also war es der Garten. Einst war der Garten schattig, die Apfelbäume noch nicht gefällt. Im Mai begann es zu schneien, Millionen von Apfelblüten. Die Blüten trieben im Pool, dazwischen Bienen und Käfer, manche strampelnd, manche schon tot, und an wärmeren Tagen trieb auch ein Schwimmreifen drin oder ein Plastikschwimmtier; vermutlich ein Schwimmkrokodil.

Der Stadtrandwald ist nicht groß, eine Handvoll Anhöhen aus schieferigem Grüngestein. Um sich darin zu verirren, muss man die Schilder meiden, die an den Gabelungen auf allerhand Ziele weisen – Gaststätten, Schlösser, Teiche, den alten Steinbruch, das Zentrum der Stadt und manchen Außenbezirk. Alles was ans Stadtzentrum grenzt, ist hier Außenbezirk und weiter zum Rand hin Erholungsgebiet, Feldundwald, Überland. Keines dieser Schilder zeigt ein Längenmaß an, stattdessen immer die Wegzeit, mit der zu rechnen sei, wollte einer von A nach B, also von da nach dort. Was aber, fragt sich Sobek, wenn er Mountainbike führe oder Flügelschuhe trüge oder einen Klotz hinter sich herziehen müsste. Und einmal angenommen, er beamte sich hin und her … Immer bräuchte er anderslang, an ein Ziel zu gelangen, hätte er überhaupt eines. Außerdem fragt er sich, ob es sich bei den Zeitangaben um die höchste je gemessene Geschwindigkeit handelt, in der ein Fußgänger die Wegstrecke bewältigt hat, eine Art örtlichen Weltrekord, oder das Durchschnittstempo eines gewöhnlichen Menschen, von Zeitnehmern sorgsam gestoppt oder bloß über den Daumen gepeilt. Es machte, so denkt er sich, wohl einen Unterschied, ob einer die Strecke im Eilschritt oder im Schnelllauf nähme, etwa aus sportlichen Gründen oder um einer Gefahr zu entgehen, oder ob er kröche, weil verletzt oder müde oder schwach auf den Beinen, aus Lust an der Langsamkeit oder zu einem anderen Zweck, etwa um etwas zu suchen, Maronen oder Schwämme. Oder ein Kriegsrelikt. Oder einen verlorenen Freund. Ja, den verlorenen Freund!

Sobek will langsam gehen. Kommt er zügig voran, wirft der Wald ihn bald aus, zum Beispiel dort, wo sich der Zoo einst befand oder beim großen Steinbruch. Den hat er als Kind gefunden, während eines Versteckspiels, jedenfalls fest im Glauben, ein Gesuchter zu sein. Mucksmäuschenstill im Gesträuch unweit der breiten Lichtung sah er eine Menschengestalt, groß und spärlich bekleidet. Eilig ging er in Deckung, wahrscheinlich, weil er meinte, dass es ein Suchender sei, doch als er den Kopf wieder hob, war die Gestalt wie vom Boden verschluckt. Sobek rieb sich die Augen. Oft war es vorgekommen, dass sein wacher kindlicher Geist ein Bild vor ihn hin projizierte. Und letztlich wäre es dumm, an seltene Dinge zu glauben, die sich den andern entziehen, man müsste darüber schweigen, wollte man glaubwürdig bleiben.

Ob da nun einer war oder nicht – er ging ihm nicht aus dem Sinn.

In den folgenden Wochen zog es das Kind zur Lichtung, im Schutz seines Blätterverstecks zum Ort des Verschwindens zu spähen. So saß es Tag für Tag, oft für mehrere Stunden, besänftigt vom Rauschen der Blätter, dem Ächzen der Stämme, dem Pfeifen des Winds, dem klatschlauten Vogelgezwitscher. Alles blieb wie gewohnt, im raschen Wechsel des Lichts die Schattengestalten und Farben in hunderte Formen gegossen – bis zu dem einen Tag: Diesmal sah Sobek deutlich ein Wesen aus Fleisch und Blut an genau jenem Punkt, wo der gestanden war, den er, wahr oder nicht, auf einmal verschwunden glaubte, allerdings kleiner und dicker als der. Er gaffte mit stockendem Atem und weit geöffnetem Mund. Der kleine Dicke indessen sah sich nach allen Richtungen um, als vergewisserte er sich, ungesehen zu bleiben.

Wohl war, womit sich der Mensch dort trug, gar nicht für Schauer gedacht, mehr streng geheime Mission, allenfalls eine Probe, die man allein absolviert. Dabei war die Übung simpel. Es brauchte nur einen Schritt, einen winzigen Schritt, schon war der Dicke verschwunden. Sobek, schwindelig und blass mit immer noch starren Augen, kroch erst nach Stunden aus seinem Versteck, den magischen Punkt zu erkunden. Bestimmt gelänge das Kunststück auch ihm. Zögerlich trat er näher. Etwas zu seinen Füßen gähnte ihn grausig an.

Indem er nach Hause lief, so schnell ihn die Kindsbeine trugen, versuchte er, zu vergessen. Nachts im Bett rang er mit sich, verlachte sich für die Angst, schmiedete große Pläne. Meisterhaft wollte er's angehen, rücklings springen, wohl aus dem Stand, vielleicht einen Salto wagen, ein zweifacher müsste es sein. Dann aber fiel ihm ein, wie sehr er sich anstrengen müsste, Muskeln und Mut zu trainieren, und wie er so weiterdachte, schien ihm der Aufwand zu groß. Lieber Zuschauer bleiben, als sich so zu verrenken.

Jede freie Minute verbrachte er fortan beim Steinbruch, selbst bei Kälte und Regen. Im Warten auf den Moment drohte die Zeit zu stocken. Die Gegend erschien als Kulisse für ein gestrichenes Schaustück, und irgendwann begann er, jeden Knacks zu verfluchen, der ihn aufmerken ließ und wieder die Hoffnung weckte, die doch verfliegen sollte.

Als er am soundsovielten verschwendeten Nachmittag wieder nach Hause gehen wollte, geschah das nicht mehr Geglaubte. Er sah eine kleine Gestalt. Langsam schritt sie zum Abgrund. Dann schaute sie lange hinab. Aber plötzlich machte sie kehrt und lief zurück in den Wald. Sobek meinte, ein Schluchzen zu hören, und fühlte ein seltenes Mitleid; er wusste ja um das Unglück, ein Wagnis nicht einzugehen. Nur eine Aussicht blieb tröstlich: den

Feigling wiederzusehen. Früher oder später kehrte er sicher zurück.

Fast immer braucht es Geduld, bis eine Mutprobe glückt. Kann sein, dass Sobek durchs Schauen mit der Zeit Stielaugen wuchsen. Jedenfalls kriegte er eine Art Kennerblick. Was beim Steinbruch geschah, folgte ja mancher Gesetzmäßigkeit. So kam jeder allein, die Mehrheit an Feiertagen, mancher erst kurz vor Einbruch der Nacht. Ansonsten hatte jeder seine eigene Weise. Der eine zögerte lange, der andere wirkte entschlossen, den Schritt in die Luft zu vollziehen. Riskierte jemand den Sprung, kam Sobek meist das in den Sinn, was Kinder Arschbombe nennen. Kaum einer wagte den Kopfsprung, und mancher hielt sich die Nase, wenn er die Schraube probierte. Egal wie es einer machte, immer blieb Sobek für Stunden gebannt, und einmal blieb er die ganze Nacht fort, bewegt jenen Punkt fixierend, an dem jetzt keiner mehr stand. Am Morgen fand ihn ein Suchtrupp erschöpft und stark unterkühlt.

*

Sobek ist kaum noch im Wald. An Tagen, da er Zerstreuung sucht, nimmt er den Weg in die Stadt, streift absichtslos kreuz und quer, lässt sich von diesem und jenem ziehen oder stößt sich wo ab. Meistens geht er gemächlich. Nur selten bleibt er stehen, und wenn, dann blickt er um sich, als gälte es, etwas zu prüfen. Den Blick in Schaufenster meidet er, aus Furcht, sich darin zu spiegeln – oder gar nichts zu sehen.

In den Fußgängerzonen herrscht tagsüber dichtes Gedränge. Würde da einer schlendern, er fände sich angerempelt. Nur den Touristengrüppchen weicht man großräumig aus. Die stehen, die Handys im Anschlag, vor Wahrzeichen und Fassaden, ihre Selfies zu schießen. Sobek würde lieber vor Ruinen posieren, Panzern und Leichenbergen. Er wird nicht der einzige sein. Der Mensch leidet gern am Zustand der Welt, aber ungern an sich.

Sobek hasst es, zu grübeln, aber noch mehr als das vermeidet er jeden Anflug gefühlvoller Selbstbesinnung. Er glaubt ohnehin mehr zu wissen, als ihm förderlich ist, jeden Betrug zu durchschauen, Kommendes zu erahnen und für alles Vertrackte eine Erklärung zu finden oder jedenfalls eine haltbare Theorie. So kam er im Lauf der Zeit auch zu der Überzeugung, er sei nicht in Liebe gezeugt, sondern in heilloser Wut.

Die Wut ist sein innerster Kern. Unter Fremden drängt es ihn oft, zu schreien oder zu fluchen, den Arm zum Gruß auszustrecken, oder, wenigstens das, auf den Gehsteig zu spucken. Fast immer gelingt es im letzten Moment, sich zusammenzureißen und die Aufmerksamkeit auf die anderen zu lenken. Sein Blick verwandelt sich von einer Sekunde zur andern, wird forschend, eigentlich stechend. Ob einer ausschert, auszuckt oder um Hilfe schreit? Irgendwer muss sich empören gegen die strenge Ordnung, die ständige Freiheitsbeschneidung unter dem Vorwand von Anstand, Respekt oder Rücksichtnahme, die Verfügungen derer, die ganz weit oben stehen und die Welt dirigieren, Politiker, Lobbyisten, listige Medienmagnaten oder finstere Mächte … Zwar trifft er allerorts auf mürrisch blickende Leute, die ihm bekannt vorkommen in Mienen und Gebärden. Doch niemand fällt aus der Rolle, alle tun einverstanden.

Einzig die Bettler und Endzeitverkünder sind nicht erfasst vom Getriebe, und ein paar Tagediebe auf den Bahnhofsplatzbänken. Da trinken welche aus Dosen, andere sitzen gebeugt, die Kinnladen dicht am Brustkorb, die Blicke auf Displays gerichtet, wie ins Gebet versunken. Erscheint ihm einer von denen ärgerlich oder traurig, bedauert Sobek zutiefst, nicht Grund dieser Regung zu sein. Kaum etwas wünscht er sich mehr als die Aufmerksamkeit dieser Weltabgewandten, ihm so seltsam Verwandten.

Das eine und andere Mal hat er einen Platz auf einer der Bänke ergattert, sich zu ihnen gesellt, versucht, sie zu imitieren. Aber keiner schickte sich an, von ihm Notiz zu nehmen. Einmal trat er dicht vor so ein Grüppchen hin, fuchtelte, schrie und stampfte, *Sagt mir doch, wer ich bin!* Dann warf er sich auf den Boden, wand sich zuckend, griff sich ans Herz. Und da es keiner bemerkte, erhob er sich ziemlich betreten, klopfte sich den Staub vom Gewand und presste die Lippen zum Strich, um nicht *Ihr Wichser!* zu schreien.

Da erst stellte er fest, dass ihn jemand fixierte.

Die Frau stand ein wenig abseits, regungslos, beinah gespenstisch – eine alte Bekannte, die er immer nur flüchtig gesehen und lieber nicht wahrhaben wollte. In der Wartehalle, beim Fotofixautomaten, war sie hin und wieder an ihm vorbeigeschlichen, die Strickhaube tief im Gesicht, ein spitzes Ding in der Hand. Einmal stocherte sie unter dem Boden der Box nach liegengelassenen Bildern. Ein andermal zog sie eines aus dem Bildauswurfschlitz und steckte es eilig ein. Wer war darauf zu sehen? Sobek wartete ab, während die Frau sich entfernte. Noch dröhnte der Bildtrocknungsfön, doch der Vorhang blieb zu, und als er genauer hinsah, waren die Beine darunter plötzlich nicht mehr zu sehen.

Obwohl ihn das Streunen ermüdet, schiebt Sobek den Heimweg meist auf, aus Angst, an ein Ziel zu gelangen ohne Ankunftsgefühl. Oft nimmt er den Umweg zum

Kino. Hat er genügend Geld, sieht er sich hintereinander mehrere Filme an und träumt dann, ein Filmheld zu sein, ein Cowboy auf einsamem Ritt durch eine Steppenlandschaft, aber von allen gesehen.

Nun, seit gezählt vierzehn Tagen, geht er fast gar nicht mehr aus, und wenn, dann nur, um zu trinken. Die meiste Zeit ist er im Zimmer, den Blick auf den Bildschirm gerichtet und immer wieder zur Tür. Gewiss, im nächsten Moment käme jemand herein, ein Mörder oder Erlöser – beides wäre ihm recht.

*

Wo bin ich stehengeblieben? In einer Winternacht. Ein Mensch auf dem Weg nach Haus. Er geht die Straße stadtauswärts, der Wind beißt ihm ins Gesicht, aber er spürt es nicht, spürt auch die Kniewunde nicht, weiß nicht, wo und wie er gestürzt, nicht einmal, dass er gestürzt ist. Taghell scheint ihm die Nacht. Lückenhaft erinnert er sich an die Stunden zuvor, auch an eine Begegnung, zufällig oder nicht, nahe dem großen Steinbruch. Dort traf er, sagen wir so, auf den verlorenen Freund.

Sollten sie einwenden wollen, dass ein Kauz wie er bestimmt keine Freunde hatte, gebe ich zu bedenken: Der angeborene Trieb lässt auch den Einzelgänger gelegentlich Nähe suchen im Wissen um die Gefahren. So hat er neulich geträumt, den Freund getötet zu haben. Kurz darauf aber tat er ihm leid, und weinend fiel er ihm um den Hals und rief und küsste den Toten. Aufschauend merkte er, wie der über ihn lachte.

Vor gezählt vierzehn Tagen haben die beiden gestritten; aber eigentlich war es kein Streit, jedenfalls kein Wortstreit, mehr ein Übel- und Abstandnehmen, wie man es von Geizhälsen kennt, die mit allem nur Tauschhandel treiben, ihren Aufwand wie Münzen zählen, nur mit der Frage beschäftigt, ob sich eine Gefälligkeit lohnt, ob die Schlussrechnung stimmt. Oder das leidige Machtspiel – wer sitzt am längeren Ast? *Friss oder stirb oder leck mich am Arsch!* Einer hält dem andern lässig den Finger hin, doch wie der nach seiner Hand greift, zieht er sie blitzschnell zurück. Nichts zählt der Sieg über einen, ohne den man nicht kann.

Käme Sobek zu Wort, er würde wahrscheinlich behaupten, den Freund verlassen zu haben. Aber das hat er nicht. Er zog sich beleidigt zurück in der kindischen Hoffnung, dass der Freund einlenken würde. Das Versteckspiel sollte erst enden, indem er ihn suchte und fand. Schaute er überhaupt ein? In den einsamen Nächten fürchtete Sobek sich, unbemerkt zu verschwinden, gar nicht vermisst zu sein. *Komm*, schrieb er an den Freund, *Komm und nimm mir die Hoffnung! Ich kann sie mir selbst nicht nehmen. Immer holt sie mich ein.*

Keinen seiner Briefe hat er je abgeschickt. Jede Gefühlserregung ist ihm kurz darauf peinlich.

Was in der Zwischenzeit lag, nach der Begegnung beim Steinbruch, weiß Sobek nun nicht mehr oder will es nicht wissen. Nur so viel: Er hatte es eilig. Jetzt, auf dem Heimweg, denkt er, er komme wieder zu spät. Wären die Eltern noch wach? Bestimmt, sie brüteten still vor sich hin, über den Esstisch gebeugt, auf dem er gezeugt worden ist. Dann und wann überrascht er sie dort, wenn sie geduckt und im Halblicht einen Trinkbecher schieben. Indessen murmeln sie Namen – *Ilse, Pippa und Klaus*. Nur seinen spricht nie jemand aus.

Setz dich, fordert die Mutter, sobald er die Küche betritt, und stellt ihm die Nachtsuppe hin, und so, dass sie überschwappt. *Schmeckt es dir?*, fragt sie und lächelt und lobt seinen Appetit. Er legt den Löffel zur Seite, holt die Milch aus dem Schrank. Er mag es nicht, wenn die Mutter ihn lobt oder wenn der Vater sich plagt, etwas Liebes zu sagen und dabei so teilnahmsvoll schaut, nicht ahnend, woran er teilnimmt. Sicher, sie würden ihn fragen, wo er so lange gewesen sei, *Wo bist du so lange gewesen? Wir haben uns Sorgen gemacht.* Er gäbe keine Auskunft, drängte sich wortlos an ihnen vorbei, liefe wie immer die Treppe hinauf, drei Stufen auf einmal, wahrscheinlich vier, schlüge die Türe hinter sich zu, horchend, ob ihm wer folgt.

Die Eltern haben strengen Befehl, sein Zimmer nicht zu betreten, aber es kam ihm kürzlich so vor, als ob irgendwer zur Tür hereintrat. Das Licht aus dem Gang brach über ihm ein, flutete alle Winkel des Raums, stach ihm grell in die Augen; und als er sich umsah, war er es höchstselbst, der sich ans Bettende setzte. Da sprang er auf und stürzte zur Tür, aber, die Hand an der Klinke, hielt ihn etwas zurück. Er hörte ein Poltern aus dem Parterre, das Klappern von Pfannen und Gläsern. Unmöglich, aus dem Zimmer zu gehen, im Rücken den fremden Besucher, der ihm so schrecklich glich! Und was für ein Trauerspiel, käme der kurzerhand mit und täte den Eltern was an! Auch hätte er ein Problem, würden die lieben Eltern ihn mit dem andern verwechseln und als den Flüchtigen sehen – und den andern als Echten. *Wer bist du?*, flüsterte er und drehte sich langsam um. Doch wie er zum Bettende schaute, war der andere verschwunden. War er selber noch da? Bliebe der Wandspiegel leer? Schnell warf er ein Tuch darüber.

Der Vater schaute nicht auf, als Sobek zur Tür hereingeplatzt kam. *Setz dich*, befahl die Mutter und stellte ihm wieder die Nachtsuppe hin, und wieder schwappte sie über. Anschließend hockte er schweigend über den Teller gebeugt, die Hände überm Gesicht. Da fiel ihm das Kinderspiel ein. Der Vater hatte gefragt: *Wenn du ein Tier wärst, welches?* Das Kind gab bereitwillig Antwort, und hörte den Vater lachen, laut und herzlich wie nie, *Aber du bist doch mein Bärchen!* Da hat es den Vater so lange fixiert, bis ihm das Lachen verging.

He, deine Suppe wird kalt. Warum isst du denn nicht?

Er nahm die Hände von seinem Gesicht. Die Mutter senkte den Blick.

Ist die Mutter bei Laune, klatscht sie geräuschvoll die Schenkel, als wollte sie Sobek ermuntern, auf ihren Schoß zu klettern, wie man ein Kind ermuntert oder ein zahmes Tier. Freilich, er wäre der Mutter zu groß, ein Ungetüm, das sie beiläufig liebt für das, was es früher war, zumindest in ihren Augen. Sie trägt ihm die Liebe nach, aber er will sie nicht mehr. Sogar dem Vater ist er zu schwer. Ab und zu malt er sich aus, sich vor ihn hinzustellen, die Arme emporzustrecken, dass er ihn aufhebt, ein Stück weit trägt. Aber der Vater, trottelig, schwach, reichte ihm nur bis zur Achsel, reckte beschämt das Kinn.

Sobek hüstelt, verschluckt sich, rotzt in die kalte Suppe, stellt sich den Vater vor, wie er sein Leguanzünglein der Mutter ins Lügenmaul steckt. Wie oft hat sie behauptet, er brauche sie nur zu küssen, schon wachse in ihr ein Kind!

Alle reden von Wahrheit und treiben das Wahrste geheim. Man kommt ihnen erst dahinter, wenn man selbst heimlichtut, hinter Türspalten, Ritzen. Ein Blick durch das Schlüsselloch, schon ist der Vater ein Teufel, reißt der Mutter die Schürze vom Schoß, schiebt ihr den Rock hoch, ruck-zuck. Die Mutter, jetzt wie verwandelt, beginnt wie ein Hund zu hecheln, treibt ihn noch weiter an. Nach einer letzten Zuckung wieder das alte Programm, Suppeschlürfen, Becherrücken und noch ein Gläschen Schnaps. Der Vater gibt wieder klein bei. Er will die Kinder nichts fragen, aber er spielt brav mit – *Pippa, wie lauten die Lottozahlen? Ilse, sag, wie das Wetter wird! Klaus, nimmt das Bärchen Drogen?* Sobek, das Ohr an der Tür, lauscht mit pochenden Adern. Solange sie Leon nicht rufen, denkt er, wird alles gut.

*

Verliert man die Unschuld durch Zeugenschaft, durch das Betreten verbotener Räume oder ein Wissen, das man nicht teilt? Das Kind bemerkt, die Mutter wird dick, schimpft über die Schweinerei. Die Mutter ohrfeigt das Kind, erteilt ihm Stubenarrest, streichelt sich über den Bauch. Die größte der Schweinereien sei sein schmutziges Denken.

Manchmal spricht Sobek mit Leon, vertraut ihm Geheimnisse an oder fragt ihn um Rat. Nie fragt er nach seinem Verbleib oder, Gott behüte, nach einem Wiedersehen. Leons Fehlen hat ein Gutes. Nichts, denkt sich dieser Sobek, ist uns so sehr zu eigen, wie das, was wir einmal verlieren, und ein bereits Vermisster kann nicht weiter entrücken. Gewöhnlich sind uns die Liebsten, die wir am meisten ermangeln, die vom Boden Verschluckten, die Sitzenlasser und Toten. Je länger wir ohne sie sind, desto näher erscheinen sie uns in diesem reinen Sehnen, das nicht Begegnung wünscht, aber die Ewigkeit. Jede Zusammenkunft trübte doch nur das Bild dieser heiligen Andacht.

Weißt du noch, fragt er Leon, und meint eine Anekdote. Die handelt vom Schwimmkrokodil. Er legte den Kopf vor das riesige Maul, zappelte mit den Beinen. Der kleine Bruder begann wie verrückt nach der Mutter zu schreien. Flugs kam sie angerannt, das Fleischmesser in der Hand. Ein Knall, und man konnte hören, wie ihr ranziger Atem dem Leck als Seufzer entwich. Sobek musste mit ansehen, wie der Körper erschlaffte. Dann riss er ihn panisch an sich, wie um sich selbst zu retten. Und als nun der kleine Bruder siegreich zu hüpfen begann und ihm die Mutter zärtlich über das Köpfchen strich, war es Sobek, der heulte.

Bei diesem Gedanken lacht er laut auf, dass es nur so durch den Straßenzug hallt. Im Gehen ist alles gut. Er freut sich und weiß nicht, worauf.

Es ist an der Zeit, zu erwähnen: Die Freude schöpft er nicht aus sich selbst, sondern aus einer Substanz. Alle gebräuchlichen Gifte haben zuletzt nur noch schwach gewirkt – aber das Reißblei: *Whooom!* Nie war er so guter Dinge. Er meint sich völlig bei sich, näher sogar als gewöhnlich. Aufrecht geht er, fast schwebend, aber sicheren Schritts. Nur die Erinnerung hinkt. Soll sie doch Beine kriegen!

Der Rausch ist stark und köstlich, kein Bruch mit der Realität, eher Beweis für den Mangel seines klaren Bewusstseins. Manches aus der Vergangenheit rückt zur Gegenwart auf. Sobek erlebt es neu, und so, als sei er dabei. Er zieht die verletzte Haut seines Schwimmkrokodils unter dem Bett hervor, zieht sie sich vorsichtig über. Ein bisschen schwindlig wird ihm, indem er sich ganz in Plastik gehüllt vor dem Wandspiegel dreht, ein Lied auf den steifen Lippen, das Lied vom kleinen Juju. Der geht mit Mutter und Vater am Ufer des Nil spazieren. Schon kommt das Krokodil, schnappt sich den Kleinen und lacht. Die Eltern weinen und flehen, *Gib uns Juju zurück!* Der Gegner fordert im Tausch einen gebratenen Ochsen. Die Eltern schaffen den Ochsen herbei und retten den kleinen Juju.

In einem anderen Bild hält Sobek das Messer der Mutter, während die blitzende Klinge in Leons Schwimmflügel sticht. Gleich folgt die nächste Szene: Er lockt den Bruder zum Pool. Der Kleine beugt sich tief über den Beckenrand, wohl um den Käfer zu retten, der zappelnd im Wasser treibt. Ein Platsch, schon zappeln sie beide. Der Kleine verschluckt sich, gurgelt, die Flügelchen tragen nicht. In tausend sprudelnden Blasen entweicht die Puste der Mutter aus drei winzigen Schlitzen. Sobek klatscht in die Hände – es planscht und spritzt ja so schön! Irgendwann wird's ihm zu lang. Also springt er ins Wasser, dem Schauspiel ein Ende zu machen. Der Zappler wirft die Ärmchen nach ihm. Warum ist er plötzlich so schwer? Und wie er den Helfer würgt! Mit letzter Kraft ringt Sobek sich los, japst nach Luft, wird wieder gepackt. Am Grund des Pools ist es kalt, es wallt und siedet und zischt. Ob es ihn unten hält? Oben schimmert ein Licht.

Hey, deine Suppe wird kalt. Warum isst du denn nicht?
Sobek will seine Milch.

Die Mutter wendet sich ab. Er aber stellt sich vor, auf ihren Schoß zu klettern, ihr anstatt sie zu küssen in die Nase zu beißen. Anschließend könnte er weinen und sich vorwerfen lassen, dass es bloß Krokodilstränen seien, wie immer, wenn er was angestellt hat, das er danach bereut. Als böses, verlogenes Tier ist er die Liebe nicht wert.

Seit dem Vorfall mit Leon gibt es bei Tisch keine Messer. Es wird auch nichts zubereitet, was man zerschneiden müsste. Immer nur Milchbrei, Suppe, sonntags Kartoffelpüree. Noch einen Löffel für Mama, noch einen Löffel für Papa. Sobek wendet das Suppenbesteck, sieht sich gespiegelt im blanken Metall – *Diesen Löffel für mich!* Später, in seinem Zimmer, kratzt er Kalk von der Wand, nimmt den Löffel wieder zur Hand, kocht sich darin was auf, drückt es sich heiß in die Ader. Er beamt sich auf Knopfdruck ans Ufer des Nil, sieht Krokodile im Seichten reglos auf Beute lauern, hofft, dass sie kopulieren.

*

Es ist kalt, weit unter null, aber Sobek friert nicht. Im Gehen ist alles gut, was unheimlich schien, wird zum Schwank, auch der Vorfall am Pool und was danach passierte. Vom Fenster aus sah er die Mutter schluchzend am Beckenrand stehen, traurig ins Tiefe blickend, wo einmal Wasser war. Nichts schien mehr ausgemacht, nicht einmal, wer der Stärkere war, damals im Spiel mit dem Bruder. Gibt es noch Spuren von ihm? Drinnen im Haus jetzt nicht mehr, bis auf die Kinderfotos. Draußen sind sie verwittert – die Äste, die sie gemeinsam gebrochen, die Steinhäufchen, die sie gebaut –, und nirgendwo Schuhabdrücke oder zertretenes Gras. Manchmal hört Sobek ein Schreien, Kinderschreie, hell und spitz, und hört sie umso lauter, wenn der eisige Nachtwind durch die Baumwipfel pfeift.

Im Gehen ist alles gut. Nach dem Vorfall am Pool hat ihn die arglose Mutter zu ihrem Helden ernannt. Er habe schließlich sein Leben für den Bruder riskiert. Heute noch schreckt er oft aus immer demselben Traum: Er steht an der Seite der Mutter am Rand des entleerten Pools. Bleiern liegt ihre Hand auf seiner schmalen Schulter. Wieder fällt das Wort *Held*, fällt ins offene Grab.

Wie schwer wiegt ein Lob, das man gar nicht verdient! Hundert Mal stand er davor, der Mutter die Wahrheit zu sagen. Stattdessen begann er zu heulen oder er stellte was an, um sich durch eine Strafe von seiner Schuld zu erlösen. Er hätte die Mutter anspucken sollen, eine Tracht Prügel zu kriegen. Mit Mühe hielt er die Spucke zurück.

Jetzt eine Zigarette! Sobek greift in die Tasche, wühlt nach dem Feuerzeug. Komisch, der winzige Flammenstrahl verstärkt die Helle ringsum. Grinsend schaut er sich um, versichert sich seines Glücks. Nirgendwo ist ein Schatten zu sehen. Aus allen Ecken flutet das Licht, aus Gräben, Kanälen und Gullys, dringt ihm unter die Haut, ergießt sich sogar aus ihm selbst.

Das Hellsehen ist ihm nicht neu. Soweit die Erinnerung reicht, kann er im Finstern sehen. Seine Pupillen sind verengt, selbst in schwärzester Nacht, wie von etwas geblendet.

Wie hat das angefangen? Die Mutter erzählte ihm von einer langen Krankheit. Bei jedem Fieberschub habe er fantasiert, wirr vor sich hingemurmelt, mit offenen Augen geträumt. Natürlich, er wusste es besser. Er hatte es nicht geträumt, hatte tatsächlich gesehen und gehört, wie der Vorhang zu brennen begann und sich das Feuer knisternd in die Karniese fraß, bis sie funkenstiebend und prasselnd zu Boden krachte. Die Flammen griffen über aufs Bett, aber die Mutter blieb ruhig, öffnete Fenster und Läden, und aus dem Apfelgarten drang lebhafter Vogelgesang. Nie wollte er erfahren, wer er vor diesem Augenblick war, ob er vorher schon war oder erst aus dem Dunkel geboren, dem Dunst von Essig und Medizin, dem Angstschweiß des todkranken Kinds.

Nach ein paar hastigen Zügen drückt er den Glimmstängel aus, hält sich die Hand hinters Ohr –

Sag schon, was ist mit dem Freund?

Wer ist es, der zu ihm spricht? Geht ein Zweiter neben ihm her? Ist es das Echo der Schritte? Bestimmt, er bildet sich alles nur ein, die Stimme, das Säuseln des Winds, das Gurgeln eines ertrinkenden Kinds, das kosmische Dauergedröhn. Was soll schon sein mit dem Freund? Sobek drängt den Freund aus dem Kopf, schiebt ihn zärtlich beiseite. Er setzt seine Schritte ruhig, bleibt von Zeit zu Zeit stehen, ohne ersichtlichen Grund. Dann stiert er in die taghelle Nacht und horcht gespannt auf weiß Gott was. Das Leiseste ist ihm laut, das Knirschen von Splitt, das Splittern von Eis. Einmal fliegt ein Vogelschwarm auf, wie durch etwas erschreckt. Er dreht sich hastig herum, doch nicht um nach einer Gefahr auszuschauen, sondern aus kindlicher Neugier. Freilich, da rührt sich nichts, der Straßenzug: ausgestorben, nur drei Fenster erleuchtet. Er kneift die Augen zusammen, stellt sich die Räume vor, kaminbeheizte Salons, knarrendes Fischgrätparkett, Tannen und Silberfichten, aufgeputzt mit Lametta. Glaskugeln spiegeln den Glanz milden Lichts. Es flackert, sonst regt sich nichts. Wohnen Tote da drin oder womöglich Gespenster?

Sobek spitzt seine Ohren, ärgerlich, weil der Laut, den er soeben noch für einen Hilfeschrei hielt, nicht der Erwartung entspricht. In schöner Gleichmäßigkeit hört er Klagegeräusche, bald ungeduldiger, lauter, abwechselnd aus zwei Kehlen. Das Rätsel ist längst durchschaut: der Akt, nicht vollzogen, sondern verübt, im Zorn über die Vergeblichkeit, in einen anderen Körper zu fliehen, der Furcht, sich darin zu verlieren oder bloß zu verschwenden, zuhinterst noch ärmer und leerer zu sein. Eben glaubten zwei sich eins, schon finden sie sich einsam, aneinandergeklammert in Erwartung des Aufschlags am Ende der rasenden Schussfahrt.

Selten reicht die Erfüllung an ein Wunschbild heran. Sobek muss daran denken, wie er beim letzten Mal vor der Küchentür stand, das Auge am Schlüsselloch. Drinnen sah er die Mutter über den Esstisch gebeugt, den Vater dicht hinter ihr, Blähbauch und magere Beine, die Hose bis zu den Knien, beinahe rührend im Eifer, dem letztgültigen Sterben im kleineren Tod zu entgehen.

Sag schon, was ist mit dem Freund?

Wieder ist es die Stimme, die ihm schon vielmals, einerlei wann, nach den Gedanken griff. Es ist die Einsagerin. Der war er vorhin begegnet, im Nachtcafé in der Stadt. Da war dieser Mensch, der ihm sonderbar glich, als sei er selbst es, der ungerührt aufsah, als er sich zu ihm setzte, kopflos, wie ein Gejagter, der sich in einer Panik die Mühen des Anstands erspart.

Auf dem Tisch stand ein Glas – möglich, es waren zwei –, außerdem lag da ein offenes Buch, die Seiten von Hand beschrieben. Sobek winkte dem Kellner. Was dann geschah, ist ihm entfallen. Zuletzt jedenfalls der Blick auf die Uhr. Und ein plötzlicher Aufbruch.

*

Schluss mit der Fragerei! Er will nichts wissen vom Freund. *Weiter*, sagt er sich, *weiter!* Nur noch fünfhundert Schritte. Oft hat er sie gezählt und ihnen nachgelauscht, bis sie unhörbar waren, aber tief im Gedächtnis, von wo aus er sie wiederholte.

Vor ihm liegt der bewaldete Hang, davor die Einmündungsstraße. Dort, inmitten der Villen mit ihren Erkern und Türmchen, steht das Elternhaus, riesig und morsch. Er weiß, was ihn dort erwartet. Meistens wird die Nachtsuppe kalt. Und während er die Fettaugen zählt, sich dabei ständig verzählt, reden die Eltern wieder in der Vergangenheitsform, reden von diesem und jenem, *Weißt du noch … das … und das …*, aber so gut wie nie über das, was außer Haus vor sich geht.

Das Haus ist ein Warteraum für das äußere, heimliche Leben, in das man einander ungern entlässt. Draußen, sagt man, sei es zu kalt. Drinnen Fäulnis und Gärung. Die Zimmer haben zu viel gesehen, aber sie wissen zu wenig, schlucken jedes Ereignis, lassen nur Kehricht zurück. Die Mutter bückt sich, putzt. Sie ist es, die bestimmt. Alle Hähne und Lichter müssen abgedreht sein, alle Stecker gezogen, alle Türen verschlossen, wenn sie das Haus verlässt. Selten verlässt sie es.

Hat man ein Abenteuer, streift man es vor dem Eintritt auf der Fußmatte ab. Die Mutter beklagt sich über den Schmutz, klopft beweisend die Matte, kehrt und desinfiziert. Es ist diese Art von Tagwerk, das andere erst bemerken, sobald sich niemand mehr findet, es für sie zu verrichten. Was ihr nicht passt, darf nicht sein, was ihr passt, soll niemals vergehen, wird geordnet, gesammelt, datiert, in Einmachgläsern und Kisten, Alben und Sammelbüchsen. An allem hält sie fest, als wollte ihrs jemand entreißen. Ständig ist sie am Brüten, zu Tode gelangweilt von ihrem Besitz, kurzatmig von der ständigen Furcht vor Raubmördern und Hausierern. Vor Jahren hat sie am Zauntor ein Schild aus

Email angebracht – neben dem Kopf eines Schäfers stand *Vorsicht bissiger Hund. Eintritt auf eigene Gefahr*. Aber es gab keinen Hund.

Einmal, im Schutz der Nacht, schraubte Sobek das Hundeschild ab in der Hoffnung, es käme ein Dieb, die arme, habsüchtige Mutter von allem Besitz zu erlösen.

Das Leben im Haus ist kein Leben, mehr ein schläfriges Warten auf etwas, für das es keinen Begriff gibt. Sobek verflucht sich dafür, nicht davon loszukommen. Jetzt, in seinem dreißigsten Jahr, in sein eigenes Schicksal verstrickt, kommt er sich vor wie ein Streuner, der nur immer wiederkehrt, weil er mit seiner Milch rechnen kann. Aber wovon der Säugling gedieh, ist dem Schulkind schon nicht mehr bekömmlich und später nur noch ein lähmendes Gift, das ihn verdirbt und entstellt.

Sobek will was erleben, wie damals beim großen Steinbruch, von dem er keinem erzählte. Doch wagt er sich nicht mehr dorthin seit einer Begebenheit, die ihn zutiefst verstörte. Wieder war ein Feigling an der Probe gescheitert, unverrichteter Dinge zwischen Bäumen verschwunden. Zwei Stunden oder länger war der am Abgrund gestanden, mehrmals ins Tiefe blickend, dann zum Himmel hinauf. Danach zogen Tage und Wochen ins Land, ohne dass sich am Steinbruch was tat, bis endlich einer kam, ein verkrüppelter Alter. Er ließ seine Krücken fallen, stand nun auf einem Bein. Sobek fiel die Erzählung ein, die er aufgeschnappt hatte, vom armen Kriegsveteranen, der für ein Klimpergeld von der höchsten Brücke der Stadt in den reißenden Fluss sprang. Der Zahler durfte ihn filmen oder fotografieren. Der Alte schien unentschlossen, stand verdattert herum, bückte sich nach den Krücken. Gerade in dem Moment, als er sie greifen wollte, verlor Sobek die Beherrschung, sprang aus dem Blätterversteck, winkte dem Kandidaten: *Hey, wie viel willst du, ich geb dir das Geld!* Der Alte zuckte zusammen, kam gehörig ins Schwanken, ruderte mit den Armen, hüpfte ein paarmal herum und taumelte rücklings über den Rand. Sobek klatschte die Hände, zufrieden, sich das Geld zur Gänze erspart zu haben. Später, beim Wühlen in den Taschen, stellte er traurig fest, dass er gar keins besaß. Wollte das Schicksal sich rächen? Schweren Herzens beschloss er, nicht mehr zum Steinbruch zu gehen.

*

Wie lange war Sobek fort? Was in der Zwischenzeit liegt? Ein halber Tag in etwa, der aber kommt ihm endlos vor, fast wie ein halbes Leben. Hatte ihm die Mutter beim Abschied nicht ein Kreuz auf die Stirn gemalt, als ob er zu Großem aufbräche? Er wischte das Mutterkreuz ab, wand sich aus der Umarmung –

Mama, lass, ich muss los.
Aber wohin denn noch? Draußen ist es doch kalt.

Stückweise kommt sein Gedächtnis in Gang. Er hatte einen Termin. Der Eingriff, hatte der Doktor gemeint, sei kurz und unkompliziert. Dennoch nahm er den Umweg. Fraglich, warum und wohin. Wie gesagt, die Erinnerung hinkt, nur ab und zu blitzt etwas auf.

Nach dem Termin jedenfalls trat er benommen ins Freie, glaubte sich feindlich umstellt, lief die Straße entlang, mischte sich unter Passanten. Vom Geschiebe erfasst, ließ er sich weitertreiben, bis er zum Bahnhof kam. Dort betrat er die Halle, lief zur Fotokabine, um sich darin zu verstecken. Doch unterm Saum des Vorhangs meinte er Beine zu sehen.

Er hörte fallende Münzen, das Kratzen am Geldeinwurfschlitz, den Warnton vor der Belichtung. Endlich das Blitzgeräusch! Ob der Fotografierte blinzelte, weinte, lachte, zwinkerte, grimassierte, in seiner Nase bohrte? Die meisten Leute haben kuriose Ideen, wenn sie sich ungesehen glauben. Sobek neigte den Kopf. In geringer Entfernung stand wieder die fremde Bekannte. Er trat ein paar Schritte zur Seite und es kam, wie er dachte. Sie trat zur Fotokabine, zog das Bild aus dem Schlitz, steckte es blitzschnell ein.

Wer war der Porträtierte? Warum hat er sein Foto einfach zurückgelassen? War es überbelichtet, geschmolzen in der Hitze des Föns, verwackelt oder sonst wie verpfuscht durch unabsichtliches Blinzeln, eine gerunzelte Stirn, ein verzogenes Maul? Zeigte der Schnappschuss einen, der dem vermeintlichen Selbst nicht im Entferntesten glich – einen Zweiten womöglich oder ein anderes Ich?

Sobek stockte der Atem. Diesmal gelänge es ihm, den Insassen abzupassen. Er wagte nicht zu blinzeln. Immer noch dröhnte der Bildtrocknungsfön, aber der Vorhang blieb zu, und als er genauer hinsah, waren keine Beine darunter. Die Frau aber stand abseits, die Hände überm Gesicht, eine Art Countdown murmelnd – oder ein langes Gedicht. Möglicherweise war er durch eine Unachtsamkeit in ein Versteckspiel geraten. Würde er bloß Zeuge oder Mitspieler sein, oder sogar der Gewinner? Entschlossen, das Rätsel zu lösen, lief er zum Automaten, den Vorhang zur Seite zu reißen. Aber sowie er ihn fasste, verschwand er plötzlich dahinter, und wie er sich nun umsah, stand er wider Erwarten nicht in der Fotokabine, sondern im Windfang jenes Cafés, in dem er bis vor Tagen häufig getrunken hatte mit dem verlorenen Freund.

Den Tisch in der hintersten Ecke, an dem sie gewöhnlich saßen, fand er diesmal besetzt. Aber es war nicht der Freund, der dort saß, sondern die fremde Bekannte, die er, woran sonst?, an ihrer Haube erkannte.
Ungerührt sah sie auf, als er sich zu ihr setzte.

Warum er sich zu ihr setzte, ist Sobek nicht mehr begreiflich, auch nicht, dass sein Notizbuch kurz darauf offen lag. Er war es zwar durchaus gewohnt, sich an gleich welchem Ort dies und das zu notieren, aber niemals, nie, in Gegenwart eines Zweiten. Und war ihm die Bilderfrau nicht lächerlich vorgekommen, wenn sie so reglos dastand, ihr spitzes Ding in der Hand, oder wenn sie vorbeischlich, ein fremdes Bild zu erlisten? Jetzt, da er ihr Gesicht sah, schien sie ihm unerheblich. Es kam ihm sogar vor, mit ihr schon öfter gesessen zu sein – und nicht nur gesessen, sondern gegangen, gelegen oder was immer.
Ihr Schweigen war ihm nur recht. Bloß kein Alltagsgeschwätz, die Fragen, die man aus Höflichkeit stellt und nicht einer Auskunft wegen, oder die Wechselreden, bei denen man tut, als meinte man sich oder sein Gegenüber! Der einzige Satz, der ihn reizte: *Ich würde gern mit dir schlafen.*
Oft hat er fantasiert, mit diesem und jenem zu schlafen ohne jede Berührung, auch vorher und nachher keine. Er würde die Gesten des andern studieren, sie in sein Buch notieren, wie er sich auszieht, bettet. Und bräche er doch sein Schweigen, dann nur, um den Bettgenossen um eine Geschichte zu bitten, wie es Kinder vorm Schlafengehen tun, nicht des Erzählten wegen, sondern um eine Stimme zu hören als Tröstung gegen die Nacht. Schlösse der andere die Augen, würde er ihn betrachten, wie ihm der Atem schwer wird, während sein wacher Geist flugs seiner Hülle

entsteigt für ein Traumabenteuer. Ja, ein Schlafender wäre ihm gut, fast so gut wie ein Toter. Er könnte sich ihm überlassen, in der Art der Erzähler, nicht in der Art der Schwätzer, ja, das tiefste Geheimnis mit dem Schlafenden teilen. Wachte der am Morgen mit einer Erinnerung auf, hielte er dicht im Glauben, er sei in seinen Träumen allzu weit ausgeschwärmt.

Schliefe der andere nicht, ginge es andersherum: Sobek stellte sich schlafend, um vielleicht spitzzukriegen, was nur im Beisein des Schläfers gesagt ihn nicht angehen soll und umso tiefer rührt.

Er fühlte den Blick der Frau, gab sich aber beschäftigt, in seine Notizen vertieft. Als Kind schon hat er lieber still vor sich hingekritzelt als den Mund aufzumachen, zum Unmut der Eltern und Lehrer sogar die Tische und Wände beschmiert.

Ein Griff nach der Manteltasche, darin befand sich ein Stift.

Ein Dichter?, fragte die Frau in gespieltem Bewundern. *Mehr ein Buchhalter, wie man so sagt*, hielt Sobek verwirrt dagegen. Er halte nur manches fest, seiner Vergesslichkeit wegen …

Gut, unterbrach ihn die Frau, *so bist du eben ein Dichter, dem die Geschichte fehlt. Nimm meine, ich sag sie dir an!*
Worum soll es denn gehen?
Schreib, dann werden wir sehen.

Sobek wich ein Stück weit zurück, sah der Frau ins Gesicht, suchte darin nach Zeichen von Spott, beruhigte sich gleich, weil er gar keines fand, fand sogar Gefallen an ihr, dachte, die könne er lieben wie sich oder wie man ein Kind liebt. Aber warum ein Kind? Weil's aus eigenem Blut ist und man Angst darum hat.

Geht die Geschichte gut aus?
Denkst du immer ans Ende?

Noch, beharrte die Frau, sei überhaupt nichts entschieden. Alles werde sich weisen, vorausgesetzt, er frage sie nichts und schreibe nur Wort für Wort mit. *Und bring dich bloß nicht ins Spiel!* Keinesfalls wolle sie wissen, was ihn hierhergeführt habe, wo er sich sonst herumtreibe, wie er lebe und mit wem, auch nichts hören oder sehen, was seine Meinung anzeige, Neigungen oder Geschmack –

Und nenne nicht deinen Namen! Ich nenne auch meinen nicht. Gibst du mir also dein Wort?

Sobek nickte, spitzte den Stift, setzte ihn aufs Papier.

Warteschlangenblues
oder
Die Frau auf dem Bild

> Einen Mord begehen als der Ich-Erzähler, damit ihr nicht für möglich haltet, dass ich der Ich-Erzähler bin? Und dann sagen: Ich, der Held? Nennt mich doch Lügner, ihr Heuchler!
> *Egoshooter*

Also, begann die Frau,

in allem ist schon ein Name, indem es sich offenbart – Leben, Sterben und Tod. Nur was wir die Liebe nennen, spottet jeder Beschreibung. Kein Wort scheint recht, jedes billig. Und wer dem Wort auf die Spur kommt, muss ein Einsamer bleiben.

Im Lieben bin ich nicht gut. Ich hüte mich immer davor, irgendwen anzusehen, um ihn nicht zu erkennen, höchstens als Schattenriss, den ich mir ausmalen kann. Siehst du zu genau hin, wird dir der Fremde geläufig, und nichts bleibt an ihm zu entdecken als die wechselnden Launen, Sorgen und Alltagsfragen. Der mir heute alles bedeutet, kann morgen ein Niemand sein. Wie einen Immerfremden will ich ihn daher haben, so könnte ich mich ihm immer von neuem erzählen und ihn jedes Mal als wieder anderen entdecken.

Oft träume ich davon, bei Fremden Eindruck zu schinden, ohne Bekanntschaft zu machen, den Nächstbesten zu umarmen, der mir zufällig begegnet. Kürzlich bei einem Streifzug im Wald klammerte ich mich an einen, der grußlos vorbeimarschieren wollte. Aber er riss sich los und machte sich eilig davon. Ich lief, um ihn einzuholen. Er aber hängte mich ab.

Sobek griff sich ans Herz. Wie konnte es sein, dass er an sich erfuhr, was die Frau da erzählte? Und woher rührte die Lust, alles über sie zu erfahren, die ihm vorhin gleichgültig war, als wäre sie gar nicht da?
Was ist denn? Schreib wieder mit!
Entschlossen sah sie ihn an, und Sobek erfasste der seltene Drang, einem Befehl zu folgen.

Möglich, man hält mich für untreu, aber das bin ich nicht. Ich melde mich regelmäßig bei Freunden und lieben Verwandten. Bloß, ich halte es kurz, schaue flüchtig vorbei, *Schön, dich zu sehen* und *Geht es dir gut?*, und schon *Bis bald. Wir sehen uns.* Nachher weine ich heimlich. Von Zeit zu Zeit kommt es mir vor: Nur im Moment des Abschieds habe ich wirklich geliebt.
Die letzte Liebesgeschichte begann an genau diesem Tisch vor über zweieinhalb Jahren. Einer platzte herein, einen Hund an der Leine, und setzte sich wortlos zu mir. Ich meinte mich aufgefordert, etwas zu sagen oder zu tun, aber ich stierte bloß vor mich hin, glättete Tischtuchfalten, wo keine Falten waren. Der Fremde winkte dem Kellner und bestellte sich was, während sein Pudel unter dem Tisch dauernd mein Bein besprang. Ich tat, als merkte ich nichts, malte mir aber die Kreuzung aus zwischen dem Hündchen und mir – ein Lockenkind auf vier Beinen. Bei diesem Gedanken lachte ich auf. Der Fremde bezog es auf sich. Jedenfalls lacht er mit. Ich glaube, das war unser Anfang. Nun, so schnell kann es gehen.

Sobek räusperte sich: *Bloß keine Liebesgeschichte!*
Die Abmachung ist: Sei still und schreib mit!

Am Anfang berechnet man nichts, wartet ab, was passiert, neigt sich gespannt zum anderen hin, will ihn zugleich von sich stoßen. Man nennt sich Namen, Alter, Beruf, sucht nach Gemeinsamkeiten, dem Grund für ein Wiedersehen. Der Fremde tat interessiert, fragte nach meiner Adresse. Ich behielt sie für mich. Gäste kann ich nicht leiden. Mir graut vor dem forschenden Blick eines fremden Besuchers. Er zückte Stift und Papier, sagte *Nur für den Fall*, notierte Straße und Nummer, schwärmte vom Leben im vierzehnten Stock, dem Ausblick über die Stadt. Ich blickte nervös auf die Uhr, nahm den Zettel und ging.

In den folgenden Tagen überfiel mich in Schüben eine seltsame Unrast, wie nach langer Bettlägerigkeit, da es einen ins Freie zieht, knieweich, noch etwas benommen, hungrig nach Licht und Luft. Wie neu stand ich in der Welt. Bis dahin Unbemerktes streckte sich mir entgegen, rührte mich an und machte mich weich – der alte Besen der Mutter, müde an eine Hauswand gelehnt, der schrumpfende Apfel im Brotkorb, der Duft eines welken Bouquets. Ich lachte beim Ruf einer Amsel, aber im nächsten Moment, wohl beim Schlag einer Axt, weinte ich um den Baum. Manche Kindergewohnheit zwang sich mir wieder auf, das Pflasterfugenumtrippeln, das leise Reden mit Gott, das Kreisen um große Fragen: Warum ist derselbe Zeitraum das eine Mal groß, das andere Mal klein? Lässt sich die Uhr überlisten? Und wie wird man einen los, der einen nicht mehr loslässt, obwohl er einen nicht hält? Indem man ihn aufsucht und stellt! Man bräuchte einen solchen nur gründlich aufs Korn zu nehmen, sein Bild zurechtzurücken.

Mehrmals schlich ich ums Hochhaus im Schutz der Sträucher und Hecken mit rasendem Pulsschlag und schlottrigen Knien, unschlüssig vor der Frage, anzuläuten und der Wahrheit ins Auge zu blicken, oder doch umzukehren, zurück ins rauschhafte Schwärmen.

*

Konnte ein einziger Knopfdruck ein ganzes Schicksal bestimmen? Ein Bild kam mir in den Sinn, wie sich die Volksschulkinder oft einen Spaß daraus machen, von einem Haus zum anderen zu ziehen, dann Sturm läuten, Fersengeld geben.

Als die Entscheidung fiel, den Klingelknopf nicht zu drücken, trat eine junge Frau aus der Tür und hielt sie mir nickend auf. Im ersten Stock hielt der Aufzug, aber niemand stieg zu. Sekunden später, im Obergeschoss, ging ich die Türen der Reihe nach ab, endlich flog eine auf.

Der Dunst von Wundbenzin wehte mich an. Da stand er im weißen Kittel. Ich wagte nicht aufzublicken, sah die Rinnsale schmelzenden Schnees von der Naht meiner Stiefel auf den Parkettboden laufen, sah die Lache anschwellen, sah mich darin gespiegelt und beinahe ertrinken. Im letzten Moment kam der Pudel und leckte die Lache auf.

Der Mann wies dem Pudel den Platz und lotste mich durch den Flur zu einer Art Hobbyraum. Wo ich hinsah, Bilder, Leinwände, Mappen, Kartons und Papier, Tassen und Einmachgläser – die einen mit Wasser befüllt, die andern mit Bleistiften, Pinseln –, dazwischen Tuben, Fläschchen und kunstvoll gefaltete Briefchen. Mein Blick streifte ein Regal. Ein einziges Buch lag darauf, auf dem Buchrücken *Nil*. – *Schön*, hörte ich mich sagen. Aber die

Dinge beunruhigten mich, sprachen wild durcheinander, plauderten manches aus – und verschwiegen es doch.

Der Fremde war unnahbarer als bei der ersten Begegnung, Alleinherrscher seines Reichs, und ich ein armer Hausierer, bereit, auch die kleinste Gabe kniefällig anzunehmen. Plötzlich drängte es mich, eine Prise Pigmentstaub zu schnupfen, mich dann mit buntem Rotz zu beschmieren, aber ich hielt mich zurück. Es hätte nicht ausgereicht, mir Persischblau oder Karmin in die Nase zu ziehen, um bei ihm anzukommen.

Gefällt es dir?, fragte er und schob mir den Sessel hin. Also setzte ich mich. Er nahm ein Blatt und ein Stück Kohle, setzte sich auf den Boden, zog einen Strich, noch einen, während er wortlos dasaß, übers Papier gebeugt. Etwas umsurrte ihn. Und ich wunderte mich über die Fliege im Winter. Er holte zum Schlag aus. *Nein, tu ihr nichts!* Das Tierlein stürbe ohnehin schnell, was auch das Einzige ist, was man ihm vorhalten kann: einem den Tod vor Augen zu führen, immer und überall.

Ich dachte mir schon: ein Verbrecher! Sobek hob den Bleistift vom Blatt. Sein Mitgehen in der Geschichte war mehr als ein Anteilnehmen. Manches kam ihm bekannt vor, auch, wie die Frau es erzählte, Satz für Satz nach der Schrift, und ohne dabei zu stocken, beinah als würde sie lesen. Wollte der Zufall es, dass er sich zu ihr setzte? Hatte sie ihn erwartet? Bestimmt, sie spielte ein Spiel!

Wohl um Zeit zu gewinnen, begann er, den Stift zu spitzen. Aufmerksam betrachtete er die brüchigen Holzspiralen, und da, mit einem Mal, sah er das Bild vor sich, den klebrigen Fliegenfänger über dem Küchentisch, darauf die winzigen Toten. Manchmal vibrierte etwas im vergeblichen

Drang, sich aus dem Leim zu befreien. Zwischendurch hielt es still, dann zuckte es wieder und surrte. Sobek hielt sich die Ohren zu. So ebbte das Surren ab, wurde ein lautloses Flimmern.

Iss, rief die Mutter, *Iss, deine Suppe wird kalt!*

Lass mich weitererzählen!

Später, die Nacht brach ein, hielt mir der Mann seine Zeichnung hin, darauf ein müdes Gesicht. Ich erkannte mich nicht, aber ich sagte: *Schön*. Allem Anschein nach sah er besser als ich, sah mich sogar voraus. Gliche ich binnen kurzem der Schläfrigen auf dem Bild? Er lehnte es an die Wand, *Also gefällt es dir nicht*. Dann ging er zum Fenster, verschränkte die Arme und schaute lange hinaus. Unten lag friedlich die Stadt, die Lichter gespiegelt im nassen Asphalt. Möglich, etwas kam in ihm hoch. Manchen gelüstet's zu springen, wenn er die Tiefe erblickt. Dann schließt er vielleicht einen Pakt, zählt ganz langsam bis zehn … Wenn rechtzeitig einer kommt, ihm die Hand reicht, gut zu ihm spricht, lässt er sein Vorhaben sein. Leise trat ich hinzu, aber er rührte sich nicht.

Zieh dich aus, befahl er, ohne sich umzudrehen.

Wieder brach Sobek die Mitschrift ab: *Also bist du dem Typen doch auf den Leim gegangen. Ah, ich kann es mir denken, wie du dich splitternackt auf seinem Teppich wälzt!*

Geht deine Fantasie mit dir durch?

Während der Mann mich malte, lag ich frierend am Boden. Etwas bohrte sich in mich. Unbemerkt griff ich danach, steckte die Haarnadel ein, fragte nicht, wem sie gehörte, wurde die Frage nicht los.

Sobek hielt abermals ein. Eine Haarnadelszene war ihm schon untergekommen, er wusste nur nicht mehr, wo und vor allem mit wem. Der Autor war ihm entfallen, was ihm dagegen einfiel: Die Finderin hieß Agathe.

Indem er nun zu ihr aufsah, blieb die Erzählerin stumm. Er setzte den Stift aufs Papier, es sogleich zu erfahren.

*

Es gibt wenige Momente im Leben, da wir unser Schicksal bestimmen. Fast immer erkennen wir zu spät, dass wir uns auf etwas nicht hätten einlassen sollen. Meist verdunkelt ein Trieb die Vernunft. Noch im Erblinden meint man, klarer denn je zu sehen, glaubt sich noch im Aufschwung während man bodenlos fällt. Nur solang du nicht liebst, bist du nicht in Gefahr.

Ich steckte mich an mit dem Mann, nahm manche Eigenschaft an. Die Wandlung ging langsam vor sich. Vieles in mir starb ab, anderes belebte sich neu. Alles fiel mit einem Mal leicht, ich spürte nicht Hunger noch Kälte, verlor die Angst vor dem Sterben.

Ich zeigte ihm meinen Geheimort bei der Lichtung im Wald nahe dem alten Steinbruch. Dort saßen wir oft für Stunden, schauten still vor uns hin oder erzählten uns was. Der Blick in den Spiegel veränderte sich, wurde länger und strenger, ja, ich meinte sogar, mit den Augen des Mannes zu sehen in den Stunden des Wartens beim Probieren neuer Kleider und immer neuer Frisuren – *Magst du blau oder grün? Gemustert oder kariert? Hochgesteckt oder offen? Oder das? Oder das? Irgendwas muss dir doch schön sein an mir. Die Bluse? Der Schal? Der Pullover?*

Was man die Vorfreude nennt, wich bald einer Gereiztheit, hieß nur noch Zeittotschlagen. Also beschloss ich, das Warten zu üben, trat anderen Wartenden bei, stellte mich stundenlang an, vor Kinokassen, auf Ämtern, um Stempel und Eintrittskarten, bloß war die Schlange, in der ich nicht stand, ausnahmslos schneller als meine. Bisweilen geriet ich in Panik, drängte mich vor und wurde beschimpft oder zurückgestoßen. Kam ich doch an die Reihe, erwies sich mein Anstehen als sinnlos. Wer mit verdrehtem Hals nach Vergriffenem späht, geht unverrichteter Dinge. Ich las es in den Blicken der Kinokartenverkäufer und grimmigen Schalterbeamten: Mein Leben bleibe ein Warten – und jede Frist verstrichen und jeder Platz schon besetzt. Und noch ehe das Mitleid der Kartenausgeber, Kassierer, Türwächter und Beamten einer Ungeduld wich, setzte ich an zur Flucht.

War nicht die Zeit mit dem Mann eine Zeit ohne ihn? Er hatte mit anderen zu tun, Aktmodellen, Patienten. Stand er endlich vor mir, war er noch immer nicht da, allerdings andersfern als im milden Glanz echter Abwesenheit.

Immer öfter fragte er mich, was es denn Neues gäbe, als sei das Bekannte nicht gut, jedenfalls unergiebig, seine Begierden zu stillen. So wurde der Griff nach dem Neuen zu seinem ersten Verrat. Bald war alles erzählt und jedes Geheimnis gelüftet – und ich stand nackt und leer in der Vergangenheitsform, mein ganzes Sein ein Flickwerk erinnerter Anekdoten. Nichts blieb, ihn zu überraschen, geschweige denn zu verblüffen, und meine Gegenwart zur bloßen Wartezeit auf die Begegnung verdünnt, ein ewiges Anstehen um nichts.

Bald wäre ich für den Mann vermutlich so gut wie gestorben, hätte ich mich ihm nicht von neuem erzählt, aber in kleinen Schritten, kurzen Fortsetzungsstorys, die niemals zu Ende gingen.

Nichts galt fade Wahrheit gegen die schöne Verdrehung.

Beim alten Steinbruch begann ich mit dem Geschichtenerfinden, gab mich als Heldin und Opfer, brachte die Eltern in Schande, um mich wichtig zu machen. Aufmerksam lauschte der Mann. Seine Augen weiteten sich über der armen Mutter, die, so erzählte ich, täglich den Beischlaf verlange, mehr aus Neid, denn aus Lust, nur um den Vater zu halten. Abend für Abend, behauptete ich, warte sie angespannt auf seine späte Heimkehr, zwischen dampfenden Töpfen und verdrecktem Geschirr, und schneide das Fleisch und das Brot und schneide sich in den Finger, und schäle Kartoffeln, Karotten, und lecke inzwischen das Blut, und wenn er dann endlich komme, sei die Suppe schon kalt, die Tischkerze niedergebrannt, die schöne Schürze befleckt. *Herrje*, seufze sie dann immer, *Schau, die Küchenuhr spinnt!* Und wirklich, behauptete ich, der Zeiger zucke seit Wochen auf immer derselben Stelle.

Sobek zuckte zusammen. Etwas rührte sich unter dem Tisch. War das etwa ein Pudel? Als er die Hand nach ihm streckte, jaulte er auf und trollte sich fort.

Warum lachst du?, fragte die Frau.
Aber ich lache doch nicht.
Aber ich sehe dich lachen. Lass mich weitererzählen!

Das Auge am Schlüsselloch, erzählte ich also weiter, zählte ich Zuckung um Zuckung, manchmal seien es hundert, manchmal seien es acht. Dann husche ich auf mein Zimmer, um mich schlafend zu stellen, weil nun der Vater käme, mein Nachtlämpchen abzudrehen. Oft, behauptete ich, entkräfte er Mutters Verdacht, anderen Frauen nachzustellen, mit dem einzigen Satz, lieber ein Astloch zu nehmen oder aufs Maisfeld zu gehen, sich ein Mausloch zu suchen. Und wie sie dann immer lache, immer ein wenig zu laut, die Worte fast dankbar nehme – wie ein zu dünnes Kleid, das einen doch fürs Erste vorm Erfrieren bewahrt.

Als Kind, behauptete ich, habe ich wirklich geglaubt, dass aus dem Samen des Vaters einmal ein Mausmenschlein wüchse. Doch als ich die Mutter bat, mit mir aufs Maisfeld zu gehen, die Geschwister zu suchen, habe sie laut geflucht und Teller und Gläser zerschlagen. Die gottlose Eifersucht brachte sie um den Verstand. An den schlechteren Tagen, da sie für Vaters Verspätung keine Ausreden fand, sei sie oft losgezogen, ohne zu sagen, wohin. Einmal sei ich ihr heimlich gefolgt, bis zur Gebärstation des städtischen Krankenhauses. Bestimmt sei sie hingegangen, um durch die riesige Scheibe zu spähen, ob nicht einer der Säuglinge dort ihrem Mann ähnlich sehe. Sie habe darauf bestanden, dass sein Schwanz ihr gehöre, wie der übrige Plunder, den sie sorgsam bewachte.

O Rabenmann, Mäusevater! Hundert Mausmenschen hat er gezeugt. Hundert sind nicht genug.

Einmal, erzählte ich, habe ich die Mutter gefragt, ob ich ihr leibliches Kind sei. Da habe sie sich bekreuzigt, *Natürlich, mein Mäuslein* gesagt. Das Kreuz sei ihr abgerutscht, lautlos zu Boden gesunken. Ich sei in die Knie gegangen, das Mutterkreuz aufzulecken, hätte mich heftig erbrochen, an ihre Fallen gedacht, die klebrigen Fliegenfänger und kleinen, hölzernen Schnapper, Tötungsapparaturen mit metallenen Bügeln. Sowie man den Köder berührte, sauste der Bügel herab. Die Schramme am Finger freilich habe mich meist verraten, vereinzelt ein blauer Fleck, der Schmerz aber stolz gemacht in der süßen Gewissheit, zwei gerettet zu haben – die Maus vor dem Tod, die Mutter vor Schuld. Sicher, behauptete ich, sie sei mir dahintergekommen, habe Lebendfallen besorgt, nach Wochen erfolgloser Jagd sogar einen Fang gemacht, es aber nicht und nicht fertiggebracht, Hand an die Maus zu legen, mich zu Hilfe gerufen: *Geh in den Wald und setz die Maus aus!* Ich sei also losgezogen, die Lebendfalle im Arm. Ein oder zwei Stunden später schien es mir weit genug. Dann sei mir eingefallen, von Hunden gehört zu haben, die aus weiter Entfernung nach Hause gefunden hatten – warum nicht auch eine Maus? Ich sei also weitergegangen, fast eine weitere Stunde, ehe ich mich, es dunkelte schon, erschöpft zur Umkehr entschloss. Ich wollte die Maus behalten.

Ich erinnere mich!, platzte es aus Sobek heraus. War's eine ferne Erinnerung, die er beiseitegeschoben hat, oder ein fremder Traum, in den er unbemerkt eingekehrt ist? Er sah sich selbst im Wald mit der gefangenen Maus, um auf halbem Rückweg beim Karpfenteich anzuhalten. Es gab einen Platsch, die Welle sprang auf, floh in konzentrischen Kreisen lautlos dem Ufer zu. Ring um Ring schlug sie an.

Still!, fuhr die Frau dazwischen, *Es ist meine Geschichte! Alles ist frei erfunden. Und hör bloß auf, am Bleistift zu kauen. Graphit wirkt auf Geist und Gemüt.*

Sobek zog den Stift aus dem Mund. Gut, es war ihre Geschichte, die in manchem, doch längst nicht in allem, seiner eigenen glich. Allerdings fragte er sich, wie lange die Maus noch gelebt hat, drunten am schlammigen Teichgrund, in ihrem luftlosen Kerker zwischen Fischen und Tang.

Heul nicht, hatte die Mutter gesagt, *es war doch nur eine Maus.*

Der Mann fragte nicht nach der Maus, fragte immer nur nach der verrückten Mutter. Also erzählte ich: In einer stürmischen Nacht weckte mich ein Geräusch. Ich lief, nach den Eltern zu sehen, doch als ich am Ehebett stand, schreckte ich jäh zurück. Die Seite der Mutter war leer. Ich hielt den Atem an, hörte den Wasserhahn tropfen, schlich zurück in den Flur. Durch den Türspalt des Waschraums stach ein grellgelbes Licht. Ich trat an den Wannenrand, sah die Mutter da liegen mit geschlossenen Augen, umgeben von brennenden Kerzen, das Wasser ein blutroter Pfuhl, die Knie darin weiße Inseln. Kreidebleich lag sie, bebend, und ihr Atem ging schwer, ein Zittern um ihre Lippen. Ich rief nach dem schlafenden Vater, doch als der endlich hinzutrat, wurden die Züge der Mutter ganz weich, und zwischen den Inseln tauchte was auf und mir wurde schwarz vor Augen.

Die Mutter, weinend vor Glück, hob das Kind aus dem Wasser. Es zuckte und grimassierte, während sie triumphierte. Der Vater war zu bedauern. Natürlich musste er heulen, als sie sogleich bemerkte, der Kleine sehe ihm ähnlich, wie aus dem Gesicht geschnitten. Der Vater hatte die Wahl. Hätte er ein Astloch genommen, trügen die Äpfel das Vatergesicht.

Unsinn, fiel mir der Mann an dieser Stelle ins Wort. Höchstwahrscheinlich begann er, an der Geschichte zu zweifeln.

*

Auch ich habe meine Zweifel …
  Es ist doch nur eine Geschichte.
  Eine Lügengeschichte. Der dir da zuhört, ödet mich an.
  Der ist bald aus dem Spiel.

Die sonnigen Nachmittage verbrachten wir also beim Steinbruch. Und immer schworen wir einander, dahin zurückzukehren, sollten wir uns verlieren. Was wir da noch nicht wussten: Wir hatten uns längst verloren, uns schon völlig entfremdet, noch ehe wir uns erkannten.

Liebst du mich? – Aber ja! – Aber vielleicht nicht genug.

Zwei wie wir, meinte ich in einer schlimmen Ahnung, *bringen sich irgendwann um.* Und als er zustimmend lachte, brach ich in Tränen aus. Wäre er, dachte ich, einmal wirklich imstande, jemanden umzubringen, dann nicht sich, sondern mich. Und nicht, dass er's fertigbrächte, es kurz und schmerzlos zu halten; erst hundert kleine Tode ergäben den großen ganzen. Er legte den Arm um mich, fragte, was mich bedrücke. Es folgte ein langes Schweigen.

Immer bist du so ... – Wie denn? – Ach nichts. Du bist, so dachte ich bitter, nicht der, für den ich dich hielt. Wirst du es jemals sein? Nichts genügte mir mehr. Sein Gang stieß mich ab, sein Lachen, wie er rauchte und schwieg, und wie er den Hund an der Leine zog, sobald der das Hinterbein hob. Und doch blieb ich bei ihm, entschlossen, ihm doch noch abzulisten, was er nicht geben konnte. Jetzt fragte ich ihn nach Neuem, drängte ihn zu erzählen, und er begann sich zu krümmen und hielt sich stöhnend den Bauch, als wäre er tödlich getroffen: *Warum löcherst du mich? –*

Ha, dachte ich, *ich löchere dich? Die Haarnadel trag ich immer bei mir. Denk nur, wie sie mich sticht! Was meinst du, wird man die Löcher bald sehen, Wunden, die stoßweise bluten? Komm mir nicht mit: Wir haben es gut, als stünde uns mehr nicht zu! Deine Zufriedenheit nervt, nein, sie ödet mich an. Spielst du wieder beleidigt? – Und du? Spiel nur nicht den Glücklichen, du! – Aber wir sind doch ... – ... Glücklich? War das schon alles mit uns? Bis wann stehst du mir im Wort? Sag: Für immer und ewig! Nein, sag es nicht, sag nichts! Du würdest mir alles versprechen, um deine Ruhe zu haben. Ewig ist ein brüchiges Wort; wir dürfen es nicht verschreien.*

Wer alles will, bleibt am Ende mit nichts. Wie lange währt denn ein Anfang? Bis alles leichter wird? Bis alles zerredet ist.

Eines Tages sagte der Mann, er wolle nicht mit zum Steinbruch, sondern allein ans Meer. Er brauche ein bisschen Ruhe, ein Wochenende für sich. Er gab mir den Wohnungsschlüssel, bat mich, den Hund zu versorgen. Aber da war kein Hund. Das Futter stellte ich trotzdem hin. Über Nacht kam es fort. Vielleicht sind es Mäuse gewesen. Am dritten Tag kam ich wieder. Die Türe stand angelehnt – war der Mann heimgekehrt, war jemand eingebrochen? Leise stieß ich sie auf. Der Pudel auf seiner Decke in einer Ecke des Flurs schien mich nicht zu bemerken. Leise betrat ich die Wohnung, hielt vor dem Hobbyzimmer. Da stand der Mann mit dem Rücken zu mir, in einer stillen Umarmung. Das mir zugewandte Gesicht: die Schläfrige auf dem Bild. Sie lächelte, musterte mich, mehr triumphierend als ertappt. Mein Blick verlor seinen Halt, flatterte durch den Raum, setzte sich an Belanglosem fest, rutschte am Wandspiegel ab.

Welches Verbrechens macht einer sich schuldig, der so leichtfertig liebt? Fragte mich einer, sagte ich *Mord*. Befragte man aber den Mörder, er gäbe zu Protokoll: *Ich stand vorm verschlossenen Bad, fragte: Warum sperrst du dich ein?, aber sie gab keine Antwort. Ich fragte: Was ist denn? Nichts. Wenn sie bei mir übernachtet, schleicht sie oft aus dem Bett. Ich liege und horche auf ein Geräusch. Aber da ist kein Geräusch. Dann ist doch was zu hören, aber ganz ohne Sinn – ein Poltern oder ein Schluchzen oder ein Würgelaut. Ich klopfe. Was machst du? Nichts. Irgendwann dreht sich der Schlüssel im Schloss. Dann finde ich sie verweint, am Boden ein Päckchen Tabletten, nur noch halbvoll oder leer. Einmal, ich hatte den Schlüssel versteckt, fand ich sie kauernd und wimmernd auf dem Wohnzimmerboden, knipste das Licht an, sie rührte sich nicht. Was machst du da? Keine Antwort. Kein normaler Mensch liegt mitten in der Nacht auf dem Wohnzimmerboden. Drei Fahrten ins Krankenhaus hat es gebraucht, aus ihr herauszukriegen, dass sie niemals auch nur eine Tablette genommen hat, stattdessen Milchzuckerpillen. Wissen Sie: Ich bin Arzt. Aber diesmal schwor ich mir: Beim nächsten Mal lässt du sie liegen – oder du schlägst ihr so lange ins Gesicht, bis sie wieder bei Trost ist.*

Ja, so redet der Mörder, meint sogar, gut und gerecht zu sein, wie der Arzt aus dem Witz, ein Tierarzt, der damit angab, die Ruten der Hunde nie auf einen Schlag zu kupieren, sondern Stück für Stück, weil das schonender sei.

Der gewöhnliche Mörder ist ja kein Beutereißer, mehr ein Parasit, der, um nicht selbst zu darben, sein Wirtstier so lange wie möglich an einer Art Leben lässt. Nach Jahr und Tag stirbt es ganz von allein, an Auszehrung und Erschöpfung. *Siehst müde aus*, wird er sagen, *Geh nach Haus, ruh dich aus!* Und: *Sei eine Zeitlang für dich!* Er lässt dich so lange in Ruhe, bis du daran erfrierst. Ha, Müdigkeit, harmlose Schwäche, die nicht heischt, nichts verlangt, am allerwenigsten Trost!

Sobek sah der Frau ins Gesicht: *Ich kenne mich nicht mehr aus. Du wolltest doch los von dem Kerl.*

Nicht ehe sein Bild von mir letztlich jener Frau glich, die ich so gerne wäre in den Augen der andern. Ich musste ihm dazu freilich erst Geschichten erzählen, die ihn hellhörig machten: wie ich den Bruder ertränkte oder wie die Eltern in einem Flammenmeer starben …
So weit würdest du gehen?
Schreib mit, wir werden schon sehen.

※

Ich wurde nicht klug aus dem Schaden, wurde vor Schaden dumm, setzte alles aufs Spiel, aber es machte mich krank. Morgens erbrach ich mich, trug mich mit Schwindel durch den Tag, musste nachts urinieren.

Wieder ging ich zu ihm. *Weißt du die Augenfarben aller deiner Geliebten?*, fragte ich den Mann statt einen Gruß zu sagen. Er wollte nachsehen, ich drehte mich weg. Also riet er – *Kastanienbraun …?* – *Nicht einmal das weißt du!* – *Bist du nur gekommen, dich wieder zu beklagen?* – *Nein, um dir etwas zu sagen … Du, ich …* – Gelangweilt sah er mich an. Und während ich in Gedanken die Tage und Wochen zählte bis zum Ende der Frist, rief er auf einmal: *Grün! Deine Augen sind grün,* und presste den Mund auf meinen und blies mich auf wie ein Schwimmtier.

Ich wusste, ich würde wiederbelebt, um wieder getötet zu werden. Endlich ließ er mich los: *Ein Mädchen soll nach Vanille riechen. Heute riechst du nach Hund.* Also husch, husch, ins Bad.

Ich drehte zweimal den Schlüssel, ließ die Wanne volllaufen, pflückte die Nadel aus meiner Frisur, sank ins eiskalte Wasser. *Raus jetzt!*, hörte ich ihn, *Ich hab das Theater satt!*

Wieder nahm Sobek den Bleistift vom Blatt.

Ja, auch ich hab es satt! Das Ganze erinnert mich an die Fortsetzungsstorys billiger Frauenmagazine. Aber an dieser hier scheint rein gar nichts erfunden. Woher dein Selbstmitleid?

Keine Fragen, hab ich gesagt. Es ist eine List des Lügners, zu fordern, dass man ihm glaubt. Ich sage: Nichts ist wahrer als die gute Erfindung. Es muss nur geschrieben stehen, als sei es mit eigenen Augen gesehen, mit eigenen Ohren gehört, selber geschmeckt und gerochen.

Ich müsste freilich bereit sein, die Geschichte am Ende für die eigene zu halten. Wer den Narren frisst, wird davon selten satt. Ein Bad im eiskalten Wasser ... Wozu die Selbstquälerei?

Still! Ich sah mich von oben, blass und schwerelos schwebend, das gequetschte Gesicht unter der dünnen Decke aus Eis. Tröstlich war der Gedanke, in einem Bett zu liegen, umgeben von Schwestern und Pflegern, die mich hilfreich umschwirren, mir Tee und Orangen reichen, mein Fieber messen, den Blutdruck, den Puls. Bestimmt, es käme Besuch, die lieben Eltern umtänzelten mich mit riesigen Bonbonnieren und duftenden Blumenbouquets, und mein gescheiterter Mörder säße lange bei mir, hielte mir reuig die Hand. Nie wieder würde ich fragen, *Liebst du mich, hast du ..., wirst du ...,* bliebe vor lauter Fragen ganz stumm.

Mit einem Mal war mir warm. Da kam der Mann mit der Axt durch die Tür, schlug die Eisdecke ein. Ich schlug die Augen auf. Die Wanne stand voller Blut. Dieses Mal war es meins.

*

Nichts als Geschwätz!, rief Sobek. Es beunruhigte ihn, dass die geschilderte Szene im eigenen Gedächtnis eine Entsprechung fand. Wusste die Frau womöglich, was er in sich unterdrückte? Las sie's aus seinem Gesicht? Töricht schon der Verdacht! Zögerlich hob er den Blick. Ihre Blässe schien ihm verdächtig. Dass sie ihm ähnlich sah, fiel ihm nur flüchtig ein.

Mir ist schwindlig, jammerte er, *Alles beginnt, sich zu drehen.*

Dreht sich alles um dich?

Du sagtest, du wolltest nichts wissen von mir.

Aber ich weiß zu viel. Deine Handschrift verrät dich, auch die zerrissene Hose und der Fleck auf dem Knie. Warum warst du im Wald?

Um nach etwas zu suchen, Maronen, Schwämmen, so Zeug.

Mitten im Winter? Ich lach mich gleich tot. Wenn einer nicht anruft, heißt das nicht viel? Es ist dieses schreckliche Warten, wenn einer plötzlich geht, sei es, weil du ihm nicht mehr gefällst, sei es aus anderen Gründen. Das Warten macht müde und mürb. Mancher verliert den Verstand, trägt sich mit bösen Gedanken, meint, seine grausige Sehnsucht sei nicht anders zu stillen, als sich den lieben Vermissten restlos zu eigen zu machen, vielleicht, indem er ihn frisst. Er schließt sich ein in sein Zimmer, meidet es, unter Menschen zu gehen. Käme ihm einer zu nah, verlöre er die Beherrschung. So liegt er dann vor der Glotze, raucht einen Joint nach dem anderen, hört Ray Charles und heult wie ein Kind, schluckt die Tabletten mit Schnaps. Ob er sich Gift injiziert, beim Tierfilmschauen onaniert? Hinterher fällt er kaputt aus den brennenden Himmeln, sinkt zurück in sein gähnendes Nichts, schließt die Augen über den Zei-

len – *Lass mich nur die Nacht überstehen!* Dann, wenn der Brief für die Nachwelt in die Schublade wandert, weint er meistens ein bisschen – um den verlorenen Freund und am meisten um sich.

Bitte, lass Neal aus dem Spiel!

Ha, deine Schrift wird kraklig, deine Gedanken auch, flüchten ins Seichte, stocken. Und lässt du nicht wieder was aus? Dichter erkennt man daran, dass sie imstande sind, über die Liebe zu schreiben, ohne dabei zu zerfließen.

Du wolltest in Ich-Form erzählen.

Stellst du die Form über alles? Hier geht es nicht um Struktur, Erzählposition, -perspektive. Einst hatte ich diesen Traum: Der Mann lag schwerverletzt, ich hielt seinen blutenden Kopf, küsste ihm zärtlich die Stirn, redete ihm gut zu. Die Worte betäubten höchstens den Schmerz, die Blutung stillten sie nicht. Da kam auf einmal der Vater, packte mich unter den Achseln, schleifte mich wildentschlossen vom Verwundeten weg. Ich weinte und wehrte mich heftig, *Papa, ich war es nicht!* Aber der Vater blieb hart. Es gibt Schilderungen von Leuten, die man nach tödlichen Unfällen ins Leben zurückgeholt hat. Die Rückschauen ähneln sich. Einen hörte ich einmal erzählen, über dem Körper schwebend alles gesehen zu haben – die letzte reflexhafte Zuckung, das in den Boden sickernde Blut, ja den eigenen Mörder, der sich in die Büsche schlägt; aber auch seinen Retter, wie er kommt und sich anschickt, den Körper neu zu beleben. Und wie der Kampf des Retters den Schwebenden gleichgültig lässt, nein, er verflucht ihn dafür, dass er den luftleeren Körper ungestüm rüttelt und presst, mit seinem Atem befüllt. Der Sterbende will nicht zurück in die schmerzende Hülle, gebeutelt von roher Gewalt. Und wie er stattdessen hofft, der Mörder komme zurück und stoße *ihn wieder ins Licht, aber diesmal für immer! Sag schon, was ist mit Neal?*

Sobek schüttelte sich. Alles sah er nun selbst: In den vergangenen Nächten brannte im Zimmer lange das Licht, und er über Briefe gebeugt, bis ihm die Schrift vor den Augen verschwamm. Später stand er am Fenster, sah auf die Straße hinaus, sah die Flocken niederschaukeln, große, weiche Flocken. Musste Neal nicht in der Nähe sein, wenn er so in ihm wirkte? Er hatte bestimmt eingesehen, grob gehandelt zu haben.

Andächtig spähte Sobek nach dem Verlorenen aus, oft bis zum Morgengrauen. In manchen Momenten sah er den Freund, dann hielt er ihn tröstend fest, sprach von der guten Zeit, da er nicht damit drohte, ihn in Ruhe zu lassen, und *müde* ein anderes Wort war, passend auf die Erschöpfung, die ihre Lider mit Schwere belud, als hätten sie stundenlang vor Glück und Freude geweint. Dann wieder sah er ihn wortlos vorbeigehen, aber sein Ruf blieb stumm.

Weil bis zum Morgen nie einer kam, warf er sich schluchzend aufs Bett, rollte sich wie ein Embryo ein, fiel in eine Art Halbschlaf. Sobald er daraus erwachte, trat er wieder ans Fenster. Vielleicht stand Neal vor dem Haus. Vielleicht war er sterbenskrank oder tot. Ja, hoffentlich sterbenskrank oder tot; anderenfalls wäre sein Fortbleiben Verrat!

Man kriegt die Nadel nicht aus dem Kopf, ohne dabei zu verbluten, bemerkte die Frau und lachte. *Die Hoffnung ist bloß ein Glaube wider ein besseres Wissen oder ein schlechteres Wissen, mit dem man nicht leben kann oder will, das übelste aller Übel, das die Qual nur verlängert. Aber die Hoffnung stirbt nicht, stirbt nicht einmal zuletzt – ein*

Trickfeuer, das sich nicht löschen lässt, weil sich's, sowie man es ausbläst, augenblicks neu entzündet.

Sobek begann zu frösteln, wollte am liebsten verschwinden, wie er sich einst als Kind, aus Furcht, jemand lese seine Gedanken, immer geschwind entfernt hat. Doch seltsam, indem er so dachte, fragte die Frau: *Wo willst du denn hin?* und hob das Kinn nach dem Stift und sah ihn verächtlich an.

Du schreibst mit Bleistift – wie feig! Sogar ein Radiergummi dran. Am anderen Ende des Schreibzeugs schon das Mittel zur Tilgung. Aber die letztliche Wahrheit bleibt stets das Ausradierte! Hast du dich niemals gefragt, woher der Unmut rührt, wenn man auf die Bitte um ein Schreibgerät einen Bleistift in die Hand gedrückt bekommt, »nur« einen Bleistift, nur, und »leider«, wie der Geber bemerkt – oder »Reicht auch ein Bleistift?« –, weil das damit Geschriebene gar nicht rechtsgültig ist? Du wolltest doch eine Geschichte.

Aber wie geht sie aus?

Wieder denkst du ans Ende. Was bist du kümmerlich! Schreib, dann wirst du es sehen!

Sobek sammelte sich. Und wieder, und wider Willen, schrieb er Wort für Wort mit.

*

Wir beweinten die verlorene Liebe nicht miteinander, nicht wie zwei, denen gemeinsam etwas verloren gegangen war, sondern gegeneinander, wie zwei, die einander etwas weggenommen haben oder schuldig geblieben waren.

Am Tag vor dem Ende der Frist kroch ich, immer noch schwach, aus dem Bett, kreuzte im Wagen des Vaters stundenlang durch die Stadt, hoffend, der Mann tauchte auf zwischen Häusern und Autos, zwischen dem Ticktack des Wischers. Es hatte zu rieseln begonnen, kleine eisige Graupeln, gefrorene Milchzuckerkugeln. Immer dichteres Prasseln auf meiner Windschutzscheibe. Manche wuchsen im Flug, wurden pingpongballgroß, schlugen durch die Scheibe. Bald konnte ich nichts mehr sehen. Dann zuckte ich aus dem Traum, den Mann überfahren zu haben. Gegen zwei zog ich los, die Strecke zu überprüfen. Früh am Morgen schlief ich dann ein, und als ich erwachte, war's Mittag, und der Mittag hörte nicht auf.

Sobek warf den Stift auf den Tisch. Es war doch recht ungewöhnlich, dass ein Traum dem anderen glich. Was ihm die Frau erzählte, stand in seinen Notizen. Hat sie sie heimlich gelesen? Was wusste sie noch über ihn? Manchen hatte er reden hören von listigen Wahrsagerinnen, die sich darauf verstünden, dies und das in Erfahrung zu bringen und klammheimlich etwas hinzuzutun, um seherische Fähigkeiten vorzutäuschen. Also entschied er sich, sie auf die Probe zu stellen:

Sag an, wie es weitergeht!

Ich stand auf, ging in die Küche. Die Uhr zeigte zwei vor zwölf. Mein Blick streifte das Regal, darauf die Fotografien und die Nasspräparate ...

Sobek schlug die Hände vors erhitzte Gesicht, spreizte die Finger, schaute hindurch. Was er bisher verdrängt hat, trat jetzt frisch vor ihn hin. Ilse, die Kirschenkleine, kaum mehr als ein zottiger Blutpfropf, Pippa, das Tiefseefischchen, und Klaus, etwa hühnereigroß – der sah aus wie ein Mensch. Friedlich, schwerelos kauernd, Stirn und Näschen ans Glas gepresst wie bei dem Kinderspiel, bei dem man sein Gesicht entstellt, indem man's ans Fenster drückt. Er griff nach dem

Glas und schüttelte es und klopfte ein wenig daran. Aber Klaus schlief zu tief – einer, der nur zum Träumen geboren der Mutter nie Kummer macht; war er ihr deshalb so lieb? Als er das Glas beäugte, begann dieser Klaus sich zu regen, streckte Ärmchen und Beinchen, riss seine Augen auf.

Stand ihm auch diese Geschichte noch auf die Stirn geschrieben?

Jetzt eine Zigarette! Dass die Frau auch eine nahm, eine von seinen, ohne zu fragen, half ihm aus den Gedanken. Er hob die rechte Hand, führte sie langsam zum Mund. Die Frau folgte seiner Bewegung. Sobek erinnerte sich, einmal gehört zu haben, Linkshänder würden lügen. Er gähnte, sie tat es ihm gleich, und so, dass er in ihr Innerstes sah für einen kurzen Moment. Dann machte er einen Versuch: Hob er die Brauen, hob sie die ihren. Da brach es aus ihm heraus: *Ich weiß nicht, warum mir so graut vor dir. Bist mir irgendwie ähnlich.*

Ist's nicht das Eigene im Andern, das uns am meisten entsetzt?

Hier soll es nicht um mich gehen.

Dann bring dich nicht immer ins Spiel!

Ein Spiel? Das wird mir zu ernst.

Dass ich nicht lache: Ernst! Hat's dich nicht immer gelockt, das Verbotene, der Skandal, und hast du es nicht gesucht, nur um darüber zu schreiben? Ein Leben nur für die Geschichte!

Rede mir bloß nichts ein.

Ich brauch dir nichts einzureden. Schau dich um, schau dich an! Warst du nicht immer beim Steinbruch, um das Schaustück zu sehen, enttäuscht, wenn sich wieder nichts tat? Und wenn endlich einer kam, hast du ihm Mut zuge-

rufen oder ihn Feigling genannt, weil's dir nie schnell genug ging. Wozu sich die Ohren zuhalten? Willst du dich etwa wieder vor einem Ende drücken?

Sicher, er wollte sich drücken. Nichts überführt einen leichter als ein Schreiben von eigener Hand. Alles stünde besiegelt, was einen als Gedanke nur versehentlich streift.

Nein, hielt er trotzig entgegen, *diesmal drück ich mich nicht,* und spitzte erneut seinen Stift, diesmal aber sehr gründlich. Es bräuchte nur einen einzigen Stoß, nur diesen einen Stich. Wie von fremden Mächten gelenkt setzte er ihn aufs Papier, sah die aschgraue Spitze, wie sie in Schlaufen und Bögen und – zwischendurch herzkurvenartig in Zacken, Wellen und Klüften – über das Schreibblatt zuckte. Jäh befiel ihn die Angst, würde er im Schreiben irgendwann innehalten, die Nulllinie zu verschulden, einen totalen Stillstand, ja sein eigenes Sterben. Dabei folgte das Zucken gar nicht dem eigenen Willen. Etwas zog ihn mit, borgte sich seine Hand.

Die Stimme der Frau, jetzt leiser, mischte sich rhythmisch ins Kratzen, das mehr ein Rauschen war. In voller Fahrt hielt sie ein. –

Was hast du notiert? Lass sehen!

Sobek hielt das Notizbuch fest.

Hast du was zu verbergen?

Nein!

Und darauf bist du stolz? Komm schon, gib mir das Heft! Ich weiß, es fehlt eine Seite. Los, spuck sie aus! Spuck aus!

Sobek begann zu würgen. Was er mit Worten und Sätzen tunlichst zugedeckt hatte, lag nun verletzt und offen in einem feuchten Knäuel Papier. Die Frau nahm es an sich, glättete es, tat, als würde sie lesen: *In meinem letzten Traum sah ich mich Suppe schlürfen unter dem Fliegenfänger, das*

Gelb des klebrigen Streifens schwarzgepunktet von Toten. Halt, da bewegte sich einer, suchte sich hilflos zuckend aus dem Leim zu befreien. Rotz tropfte in die Suppe. Heulst du jetzt allen Ernstes um eine Fliege, Kind? Sah es die Mutter nicht? Der da zuckte, war Klaus.

Die Frau hob den Blick von den Zeilen. –
Nicht schlecht für den Anfang –
Das Ende …!
Ja, das Ende der Frist. Kommen wir also zum Stichtag.
Nein, ich spiel nicht mehr mit.
Zu spät! Wir verlieren Zeit!

*

Das Glas zersprang an der Wand. Ich rutschte auf Knien auf dem Boden, um die Scherben zu sammeln und was sonst noch da lag; Honig war's jedenfalls nicht. Auf einmal hatte ich Angst, einen Splitter zu schlucken oder daran zu ersticken. Die Angst wog schwerer als alles, schwerer noch als das dumme Versehen, das in meinem fiebrigen Kopf schon zum Verbrechen wuchs. Beim Aufsehen bemerkte ich, die Mutter stand in der Tür. Ich sagte, ich müsse los. Sie fragte sogleich, wohin, draußen sei es doch kalt. Was ich der Mutter verschwieg: Ich hatte einen Termin.

Schluss jetzt, winselte Sobek. Und als er nun wie von Sinnen zu radieren begann, hörte er wieder die Frau: *Das Beste an der Erzählung ist doch das Ausradierte. Hättest du keine Angst, wovon würdest du schreiben? Von Wildtieren, nächtlichen Räuschen, brennenden Kathedralen, deinem kindischen Traum, ein großer Dichter zu sein? Der wahre Dichter vermag jedes belanglose Schicksal ins große Ganze zu stellen,*

Ort und Zeit zu durchqueren, als sei er leibhaftig zugegen. Du denkst nur deinen Teil, aber das Eigentliche will dir nicht in den Sinn, der Fluss, die Berge Ruandas, denen er munter entspringt, die Wüsten, die er durchfließt, um als gewaltiges Delta endlich ins Meer zu münden. Vielleicht gibt es gar keine Dichter. So wie die Dinge liegen, sind sie längst ausgestorben, wie die Haderlumpen und stolzen Rohrpostbeamten, Fassbinder, Allesschlucker ... Oder weißt du noch einen, der dich mit bloßen Worten in sein Innerstes reißt? Die Erzähler von einst wurden zu Schwadroneuren, Marktdienern, Moralisten. Und komm mir jetzt nicht mit Reportern, die meinen, die Welt zu erschließen ohne Wunder zu nehmen, ohne Zweifel am Wort, solchen, die vor uns hinstreuen, wovon sie selbst nichts verstehen, aber sich Dichter nennen, wie andere von sich behaupten, Chirurg oder Bankmensch zu sein. Besser, deine Notizen bleiben für immer geheim.

Sobek biss den Radiergummi ab, kaute daran und spuckte weit aus: *Du wolltest zum Steinbruch gehen. Du hast dem Mann doch geschworen, dahin zurückzukehren, solltet ihr euch verlieren.*

Wenn du es schreibst, dann wird es so sein ...

Du willst mich verantwortlich machen? Nein, ich schreib nicht mehr mit!

So kurz vor dem Schluss wieder kneifen? Dann endet deine Geschichte, bevor du das Haus verlässt, und du bleibst ewig gefangen als Nichtsnutz, der immerfort das Süppchen der Mutter löffelt.

Es ist nicht meine Geschichte! »Liebst du mich? Hast du? Wirst du?« *Verflucht ist die Liebe nach Frauenart – berechnend, erpresserisch, gierig!*

Wieder wich Sobek ein Stück weit zurück, sah der Frau

ins Gesicht, sah die Verzweiflung darin, fühlte sich mürbe werden: *Erzähl meinetwegen zu Ende!*

Der Lift roch nach Schweiß und Parfüm. Ich nehme den Fahrstuhl ungern, und nicht aus Gründen der Fitness oder weil ich befürchte, darin steckenzubleiben. Es gibt diesen schrägen Film, in dem ein Fahrstuhl versagt, fünf Menschen eingeschlossen. Die Frage ist doch immer: Was fangen die mit sich an? Oder ein Film von Louis Malle, wenn ich mich recht entsinne. Ein Mann steckt im Aufzug fest, während die schöne Geliebte durch nächtliche Straßen irrt. Ich mag die Betretenheit nicht, die sich im Engen breitmacht, sobald man so eine Kabine, und sei es nur für Sekunden, mit wildfremden Leuten teilt, unschlüssig, ob und wie die andern zu grüßen seien. Der Liftblick ist eine konzentrierte Blickvermeidung. Man schaut sich nicht an und steht doch ganz eng. Diesmal stand ich allein, drückte den obersten Knopf. Das Liftgeräusch war mir gut, Fortschritt von Menschenhand. Die Gehilfin bat mich herein, grüßte nicht mich, sondern Gott, wies mir den Weg zur Kabine, gab mir ein Krankenhemd. Die Erniedrigungskluft macht einen klein und gefügig. *Nehmen Sie Platz!* – Aber ja. Ich legte mich auf die Liege. *Rutschen Sie etwas vor!* Tiefer kann ein Mensch nicht fallen. Tiefer aber will er. Der Arzt trat ein und gab mir die Hand und sagte den üblichen Gruß, ohne mich anzusehen. Er beugte sich über mich. Ich fürchtete, den Verstand zu verlieren, jemand anderer zu sein.

Auch das noch!, rief Sobek, *Es reicht! Behalte den Rest für dich!*
Warum denn?, schnurrte die Frau, *Es braucht nur den Blick in den Spiegel. Warum meidest du ihn? Wen fürch-*

test du, darin zu sehen? Eine Phantasmagorie? Die kalten Augen eines Reptils? Ein verkanntes Genie, Chronist der schönen Ermüdung, von dem leider keiner weiß?

Unsinn, du lügst! Du lügst!

Wer die Wahrheit nicht kennt, ist dumm, wer sie kennt und Lüge nennt, ist allerdings ein Verbrecher.

Komm mir jetzt nicht mit Brecht! Die Wahrheit ist …

… Zumutbar, hörte ich sagen.

Komm mir jetzt bloß nicht damit! Eine Zumutung ist sie! Der Mensch ist glücklich, solang er nichts weiß außer verlässlicher Zuflucht in Fantasie und Erfindung. Machte ihn einer klar sehen – er wünschte, er wäre blind. Wer wie ich sieht, denke ich oft, muss ein Verfluchter sein – bleibt er doch stets allein mit dem, was sich ihm offenbart. Wer glaubst du denn, dass du bist? Erato? Melpomene …? Solange nur das Geschriebene gilt, hab ich es in der Hand.

Der Handlanger irrt schon wieder. Ich sag das Spiel an, ich! Der Schreiber ist, was er schreibt, selbst in der zweiten Person. Sagst du »du«, meinst du dich.

Sobek ekelte es bei den Worten der Frau. Wollte sie ihm etwa einen Mord unterstellen? Wohl wahr: Er hatte einen Termin, aber er hatte den Umweg zum alten Steinbruch genommen. Er musste diese Geschichte schnellstmöglich zu Ende bringen.

Sag an, wie es weiter geht.

Weißt du's nicht besser als ich?

Ich weiß überhaupt nichts mehr.

Leih mir nur deine Hand.

*

Der Arzt stand dicht neben mir. Da griff ich nach seinem Skalpell, stürzte ins Wartezimmer, warf meinen Mantel über, hörte die Helferin rufen. Der Aufzug setzte sich ruckelnd in Gang. Das Ruckeln verstärkte sich, dann hielt die Kabine abrupt. Ich stürzte zu Boden, flackerndes Licht. Plötzlich stockdunkle Nacht. Auf allen Vieren kriechend tastete ich nach den Wänden, nach einem Notknopf. Nichts! Nach Minuten des Suchens kauerte ich mich frierend in die nächstbeste Ecke. Irgendwer lief treppab. Ich beschloss, nicht zu rufen. Auf einmal wieder ein Ruck, das Licht im Aufzug ging an, schlagartig kam er in Fahrt. Immer schneller schien es jetzt nach unten zu gehen. Ich sah die Stockwerkanzeige, dachte an diesen Streifen, in dem sich der Countdown beschleunigt, aber zum Entsetzen der einsamen Liftfahrerin bei null nicht zum Stillstand kommt, auch nicht im dritten Kellergeschoss und nicht in der Tiefgarage, stattdessen unaufhaltsam weiter hinunterzählt, minus zehn, minus zwanzig, minus dreißig wahrscheinlich. Wohl eine Höllenfahrt! Endlich, die Tür ging auf. Mechanisch trat ich ins Freie. Die Straße strotzte von Leben, und das Leben setzte sich fort, als wäre gar nichts geschehen. Nur die Leute vorm Arzthaus starrten mich feindlich an.

Wieder fuhr Sobek zusammen. War er es, der durch die Frau sprach? Oder sprach sie durch ihn? Sprach überhaupt irgendwer? Hat sie nur mitgelesen, was er unbedacht aufschrieb, was ihn von Innen bedrängte? Er beugte sich über sein Heft, sah vor sich schon die Zeilen: *Vom Menschenstrom ließ ich mich treiben, bis ich zum Bahnhof kam. Dort betrat ich die Halle, sah dich wie immer stehen, bei der Fotokabine, die Hände überm Gesicht.*

Der Bleistift, den er vom Tisch hob, wog schwer. Er setzte ihn abermals an, hörte das Kratzen auf dem Papier. Immer lauteres Kratzen. *Ich trat vor den Automaten, riss den Vorhang zur Seite. Der Blitz traf mich unverhofft. Mit einem Mal saß ich vor dir.*

In dieser Art fuhr er fort, schrieb, die Fremde habe gleich sein Notizbuch bemerkt, sich nach dem Inhalt erkundigt, ihm alsdann eingeredet, ihm fehle bloß die Geschichte, um ein Dichter zu sein, und also gleich angeboten, ihm ihre zu überlassen, vorausgesetzt, er frage sie nichts und greife auch sonst nicht ein; dann aber habe er, was die Frau ihm erzählte, so lebhaft nachempfunden, als sei es Wort für Wort aus seiner Erinnerung gegriffen, und wohl vorausgefühlt, dass es ein teuflischer Pakt sei und die Frau darauf aus, ihn sich durch das Versprechen auf ewig dienstbar zu machen …

Urplötzlich hielt er ein. Wie Schuppen fiel es nun von seinen schläfrigen Augen: Er folgte gar nicht den Worten der Frau, vielmehr verhielt es sich umgekehrt, sie war die Sprecherin dessen, was schon geschrieben stand, oder Schreiben und Reden synchron, ein Simultandiktat, bei dem nicht der Schreiber das Gesagte mitzuschreiben, sondern der Redner mit dem Schreiber mitzuhalten hat, indem er das Wort im Entstehen schon spricht, ohne zeitlichen Abstand, höchstens ein winziger Gap im Millisekundenbereich. Erst schreiben, dann reden, erst reden, dann denken. Konnte das überhaupt sein? Ja, im Gespräch mit sich selbst!

Es reicht, ich will nichts mehr hören! Er brüllte es laut und erregt. Wieder warf er den Bleistift hin – und diesmal weit von sich weg.

Aber ich habe doch gar nichts gesagt.

In einer grausigen Ahnung schlug Sobek sein Heftchen zu, wollte aufspringen, weg. Etwas hielt ihn zurück. Der Kellner trat an den Tisch, rückte das Glas zurecht, blickte ihn kopfschüttelnd an. Es sei wohl genug für heute. Sobek sammelte sich. War er am Ende besessen, und die Einsagerin nichts als die Ausgeburt seiner Erfindungsgabe? Wie hatte er sicher sein können, sie tatsächlich zu hören und zu sehen? Er brauchte bestimmt nur die Augen zu schließen, sie zum Verschwinden zu bringen. Doch als er sie vorsichtig auftat, war sie immer noch da. Da geriet er in Wut –

Wer bist du? Zeig her! Zeig her!

Er riss den Mantel vom Stuhl, griff in die Taschen, wühlte darin, fand ein Chirurgenmesser, warf es vor sich auf den Tisch, die Haarnadel und die Bilder, manche überbelichtet, geschmolzen in der Hitze des Föns, verwackelt, verschleiert – und eindeutig doch: Schnappschüsse seiner selbst!

Die Frau nahm den Mantel an sich, stülpte die Taschen nach innen, stopfte alles hinein. *Wer glaubst du nun, der du bist?*

Sobek kriegte den Tierblick. Die Nacht, er konnte sie riechen. Ihm graute vor der Mitwisserin, graute auch vor sich. Auf einmal schien alles begreiflich, seine Abscheu vor Spiegeln … Er streckte die Hand nach ihr aus, griff ihr ins blanke Gesicht, fühlte eisige Glätte.

Lautete nicht ein altes Gesetz: Begegnest du deinem Zweiten, musst du ihn töten, sonst tötet er dich?

Einer von uns muss weg!

Wer willst du ohne mich sein?

Sobek biss in den Bleistift, fraß ihn vollständig auf, schnupfte den Minenstaub, leerte das Glas auf ex, warf es der Frau ins Gesicht. Klirrend zersprang es in Stücke. Dann warf er den Mantel über, stürzte hinaus in die Nacht.

Der Minenstaub fuhr ihm ins Hirn. Man kennt das von schlechten Filmen, das Zugehen auf ein blendendes Licht. Das Hupen hörte er nicht. Ein Auto stoppte im letzten Moment. Er aber grinste und dachte: *Es wäre die Rettung gewesen!* Ein Radfahrer musste bremsen, rutschte im Schneematsch, blieb liegen. Der Kellner wollte zu Hilfe eilen, lief auf die Fahrbahn hinaus, versah sich der anderen Richtung nicht. Der Fahrer stieg aus dem Wagen. Man hörte ihn jammern und fluchen.

Showdown
(Ein Herz, ein Sprung, ein Satz)

Sie sagte, sie fürchte den Winter. Der Winter aber
bringt nicht den Tod, nur einen langen Schlaf.
Alles schön und gut

Der Warteraum ist eine Zelle. Die Wanduhr zeigt zwei vor zwölf. Der Zeiger zuckt auf der Stelle. Für immer zwei vor zwölf, ob Mittag, ob Geisterstunde, ganz ohne Zwischenzeit. Ich sehe die Straße vorm Haus zu einem Standbild erstarrt, und würde nicht wundernehmen, legte sich Schnee darauf oder Nebelgewölk, aber die kleinste Bewegung ließe mich prompt erwachen, der Flügelschlag eines Insekts, das Eintreffen eines Menschen.

Eigentlich geht es mir gut. Ich habe nicht Hunger noch Durst, und der Bildschirm ist an. Da sehe ich wilde Tiere in angestammten Revieren.

Hast du dir nie gewünscht, Tiere in Freiheit zu sehen?, habe ich Mama gefragt, als sie kürzlich wieder eines ihrer Videos zeigte. In einer der letzten Szenen steht das Kind, das ich war, in einem leeren Gehege. Es rüttelt und zerrt am Gitter, Papa huscht grinsend durchs Bild, wirft ihm Brotkrumen zu. Was er ruft, hört man nicht. Der Soundtrack zu Mamas Stummfilm ist aus der Echtzeit gegriffen, das Zischen des Zündholzkopfs auf einer Streichholzschachtel, Mamas Atemgeräusche, Papas verhaltenes Lachen, manchmal ein Kommentar. *Pass auf, gleich tanzt das Bärchen.* Das Ichkind beginnt zu stampfen, wirft seine Arme hoch.

Ich stelle mir ungern vor, wie man die alten Kodiaks zu dieser Aufführung brachte. Man ließ sie auf heißen Metallplatten stehen oder auf glühenden Kohlen, spielte dazu Musik. Die Bären hoben die Tatzen, um dem Schmerz zu entgehen. Bald fingen sie an zu trippeln, sobald nur Musik erklang. Oder wenn Papa kam.

Kurz vor der Heiligen Nacht, in der mich die Krankheit befiel, hat er die Bären verkauft, den Zoo für immer geschlossen. Und während ich delirierte, saß er an meinem Bett, hielt mir die Hand und schluchzte und nannte mich wieder Bärchen. *Papa*, flüsterte ich, *wo ist das Krokodil?* In einem fernen, sehr heißen Land, so erzählte er mir, lebe es munter weiter, an den Uferoasen bei den Gazellen und Gnus, beschattet von Maulbeerfeigen.

Irgendwann macht das Lügen nichts mehr, weil man vor lauter Erschöpfung die Augen vor der Wahrheit verschließt. Ich glaubte ihm jedes Wort, um nur am Leben zu bleiben. Später hab ich gehört, er habe es ausstopfen lassen und ziemlich teuer verkauft an irgendein hohes Tier. Ob es schon ausgestopft war, als es im Zoobecken lag? Nein, das konnte nicht sein. Der Schläferblick aus seinen immer offenen Augen zeigte eindeutig an, dass es die Weite fühlte, die es vom Teich seiner Vorfahren trennte, von der Sandbank am Nil.

Der Wärter wird recht behalten: Diesmal entkomme ich nicht, nicht einmal in die Erfindung, nicht einmal im Versuch, den anderen vorzuschieben oder das Ende der Story rückstandslos zu vernichten. Es gibt schließlich kein Verfahren, das einmal Notierte zu tilgen. Würde ich es verbrennen, läge mein Ich und Geheimnis als giftiges Gas in der Luft, ruchbar, lebensgefährlich, aber nicht nur für mich.

Ist die Geschichte verflucht, liefe auch der Gefahr, der ihr Geheimnis lüftet. Also schnell ein Schild an die Tür – *Achtung: Eintritt verboten.*

Ich will es zu Ende bringen. Der Tod atmet mir ins Gesicht. Dann leg ich mich vorsorglich hin, ins Bett oder auf den Boden. Immer läuft das so ab. Ich weiß schon, dass ich nicht sterbe und bin doch davon überzeugt. Und immer, aber im letzten Moment, kommt mich dann einer retten, einer, der mir vertraut ist, obwohl ich ihn nie gesehen, höchstens flüchtig bemerkt hab. Seltsam ist unsere Verbindung, ein ständiges Unterwegssein. Geht er voraus, will ich gleichziehen. Bleibt er zurück, will ich warten. Aber nichts fürchte ich mehr, als Seite an Seite im Gleichschritt mit meinem Retter zu gehen. Oder vor ihm zu stehen.

*

Wo ist Sobek geblieben? In einer Winternacht. Auf seinem Weg nach Haus. Die Frau sieht ihm keiner an, genau so wenig wie Neal.

Nur noch ein paar hundert Schritte. Bald, denkt er, ist er am Ziel, zu Hause bei Vater und Mutter. Er fragt sich, was er dort sucht und ob sich die Suche lohnt. Dann bewegt er die Lippen zu einem stummen Gebet, und nicht, dass sich etwas erfülle, sondern aus Dankbarkeit. Etwas hat ihn gepackt – ein tiefes Einverständnis mit allem, auch mit dem Unsinn von Leben und Sterben, auch mit dem Aufwand, den der Mensch treibt, seinen Garten zu pflegen. Jetzt steht es ihm klar vor Augen, ein liebes Kindheitsgehege, und er das stille Wesen darin, Tier unter anderen Tieren, eins mit Bienen und Mäusen, sicher vor der äußeren Welt, die ihn nicht rührt noch reizt. Wozu den Ausbruch wagen? Er entkäme ja doch nur in neue Gefangenschaft.

Genug von der Freiheit gekostet, die ihm gar keine ist. Zurück in Haus und Garten, zu den besorgten Eltern. Die Aussicht der Ankunft rührt ihn. Und Ankunft – was für ein Wort! Er heult sogar ein bisschen vor Glück, wie an den Kindheitstagen, die voller Wunder sind, bis einen ein rohes Bewusstsein von Gott und der Welt entzweit.

Im Rausch erscheint alles gut, auch die Lügengeschichte. Ja, so will er sie nennen: Eine Lügengeschichte. Er tastet nach dem Notizbuch in seiner Manteltasche. Er würde, denkt er, am Ablauf noch ein klein wenig feilen, würde die Einsagerin als eine Geliebte tarnen, um es so aussehen zu lassen, als hätte er sie erfunden, ja sogar sich nur erfunden als letztlichen Ich-Erzähler. Ein Kartenhaus aus Worten gemacht. Er würde dran weiterbauen, bis es zusammenstürzte, alles dem Augenblick opfern, auch das größte Geheimnis. Es brauchte keine Erfindung. Er müsste sie nur behaupten.

Ruckartig blickt er sich um. Glaubt er sich etwa verfolgt? Ein Wagen mit dunklen Scheiben rollt im Schritttempo an ihm vorbei. Dann wieder meint er, Schritte zu hören, laute, eilige Schritte. Die kommen zum Stillstand, sobald auch er hält. Weiter also, weiter! Er wäre wohl zufrieden, hielte ihn jemand an, um ihn zu perlustrieren. Abführen, einsperren, befragen – all das wäre ihm recht. Es würde doch nur bedeuten, dass man ihm endlich glaubt.

Er geht die Straße stadtauswärts, immer Richtung Nordwest. Ein Heimgang wie immer, denkt er, wäre die Nacht nicht hell. Er sieht eine Litfaßsäule, darauf ein Wahlplakat, *Menschlichkeit siegt*. Was, fragt er sich, hieße denn, menschlich zu sein, worüber gilt es zu siegen? Futterneid, Rang und Gier, die Bereitschaft, zu töten, und was wir sonst noch an Eigenem lieber in Tiergestalt sehen? Sinnt nicht erst recht auf Ausbruch, was wir eingesperrt haben? Da fallen die Keuschen und Frommen in ihren dunklen Kammern übereinander her und reden von Menschlichkeit. Sobek krümmt sich vor Lachen. Er meint, verstanden zu haben. Erst die peinliche Abscheu gegen das Tier in sich macht einen zwiegespalten und letztendlich verrückt. Lustig fliegt ihm die Seele dahin, als ließe der alte Sisyphus seinen Stein endlich rollen. Ist es die Wirkung des Reißbleis oder ist's der Triumph, ein Spiel gewonnen zu haben?

Soll er doch rollen, der Stein!

Hinter der nächsten Biegung weiß er das Haus in Sicht.

Gleich käme er zum knarrenden Tor. Und gleich dahinter der Garten, der Pool, und drinnen die Umzugskisten, mit dickem Filzstift beschrieben und Dingen von früher befüllt, knausrig für später bewahrt, obwohl sie schon jetzt völlig unbrauchbar sind, Andenken, Auslegung, Aufputz, bruchsicher eingewickelt in Nostalgie und Verklärung. Man stößt sich daran, verletzt sich, legt Coolpacks und Topfenwickel auf seine blauen Flecken, leckt beschämt seine Wunden, leert ein ganzes Fläschchen bitterer Notfalltropfen, doch hat es noch keiner vollbracht, sie aus dem Weg zu räumen oder gar zu entsorgen. Und gut, dass niemand je auf den Gedanken kam, etwas darin zu suchen. Sobald man sie nämlich öffnet, stehen die wuchtigen Kisten, die einem die Sicht verstellen, leer.

Im Schrank der Mutter hängt noch ein Kleid, ein winziges rotes Kleid. Das hält er sich vor die Brust, wenn er sich klamm und heimlich vor ihrem Spiegel dreht.

Sobek sieht den Nachthimmel weiß. Bricht der nächste Tag an? Kommt er der Zeit nicht nach?

*

Wie lange war er fort? Der Nachmittag schien ihm endlos, fast wie ein halbes Leben. Er käme bestimmt zu spät. Wären die Eltern noch da, sie lägen nach einem Streit von einem Lüster erschlagen auf dem Wohnzimmerboden oder friedlich im Bett. Oder sie säßen im Dämmer, über den Esstisch gebeugt, wie es Wartende tun, Schnaps trinkend, Trinkbecher schiebend. Alles wäre wie immer – alles bis auf ihn selbst.

Beim Blick auf die Uhr kommt Sobek zu Sturz. Immer hat ihn die Mutter ermahnt, beim Gehen auf die Füße zu schauen, *Hansguckindieluft, pass auf, sonst brichst du dir das Genick!* Der ständige Bodenblick hat ihm viel Schönes gebracht, auch ihr Kopfschütteln beim Leeren der Hosentaschen, prall von Steinchen und Münzen. Nein, er war der Welt nicht entrückt, ging nur ganz in ihr auf, im Gleißen eines Granitbordsteins, im organisierten Getümmel einer Ameisenstraße, in den Gräsern und Kräutern, die aus Frostsprengungen trieben und die Asphaltdecke beulten, als letzter Gruß der Früheren, die in der Tiefe schliefen. Ja, so dachte das Kind: Der Boden musste gefräßig sein. In manchen Nächten tat er sich auf, schluckte Männer und Frauen.

Die Toten aber waren ihm gut, denn sie fragten ihn nichts und wussten doch jedes Geheimnis. Mit denen, sagte er sich, wäre gut Kirschen essen, oder gut Suppe schlürfen. Er brauchte nur zur Anrichte gehen, die oberste Lade öffnen, wo die Brotmesser liegen, sich neue Vertraute zu machen, die sich so dauerhaft auf das Schweigen verstünden. Aber das will er nicht. Besser, er bliebe da liegen, bis der Boden auch ihn schluckt und er ohne sein Zutun zu jenen andern fände.

Die Rast kommt Sobek gelegen. Müde schließt er die Augen.

Da, aus heiterem Himmel, beginnt es von neuem zu schneien, das Wirbeln gewichtsloser Flocken. Sicher, bald schliefe er ein. Doch ist es wirklich ein Schneien oder ein Blütenstieben – und käme man darin um, wie man im Schneetreiben umkommt? Apfelblüten müssen es sein! Durch die geschlossenen Lieder sieht sich der Guckindieluft mit verbundenen Augen. Er krabbelt auf allen vieren, den Holzlöffel in der Hand. Da sind noch andere Kinder. Die sitzen im Kreis ringsum, rufen *Warm* oder *Kalt*. Den Suppentopf gilt es zu finden. Darunter liegt was versteckt. Endlich trifft er, schlägt Lärm, reißt die Binde von seinem Gesicht, sieht, wie die anderen wieder reihum die Augen verdrehen. Unter dem Topf liegt Klaus.

Heul nicht, kreischen die Kinder, *es ist doch nur eine Maus.*

Er hätte wohl aufstehen können. Nur noch dreihundert Schritte, immer hat er sie sorgsam gezählt, einen Fuß vor den anderen gesetzt, beinahe schlafwandlerisch. Die Wegstrecke kennt er blind. Wie immer wäre die mit jedem Schritt kürzer werdende, auf den endgültigen Punkt am Fuß des Hügels zulaufende Straße zu sehen, und weiter oben, auf halber Höhe des bewaldeten Hangs, die Kirche mit den Zwillingstürmen. Er könnte auch weitergehen, die Einmündungsstraße queren und den steilen Aufstieg über den Kreuzweg nehmen, oder besser den nebenan bergauf sich schlängelnden Schotterweg, der sich auf Höhe der

Kirche gabelt, um sich nach wenigen Metern in namenlose Waldpfade zu verzweigen.

Der Wunsch, nach Hause zu kommen, scheint ihm auf einmal absurd. Die Eltern wären bloß Eltern und er das ewige Kind, dem sie aus frommen Wünschen den Kerker gezimmert haben, dass es nur ja nicht entwische, eine Schneekugelzelle, in der es Milchzucker schneit. Der Neid der anderen galt als Beweis, es darin gutzuhaben, sein Misstrauen gegen sie als Zeichen der Undankbarkeit. Dennoch verfluchte er, was sie für wertvoll hielten, die riesigen Räume und krachenden Dielen und Lüster und Gipsstuckaturen, die Gläser und Kelche aus echtem Kristall, das schwere Silberbesteck und all die verzärtelten Ärsche auf samtbezogenen Sesseln, die meinten, nur weil sie mehr hatten, mehr als die andern zu sein. Keiner von denen ist je mit dem Besitz gewachsen, vielmehr daran erschlafft und geschrumpft, mit ihm verrottet, verstaubt und verstummt.

Grausam nehmen die Dinge von ihren Eignern Besitz, reizen zu Geiz und Gier, machen sie horten und brüten in der ständigen Furcht vor dem Bestohlenwerden. Hätte er sich beklagt, hätte es bloß geheißen: *Einer wie du hat leicht reden.* Niemals hat er versucht, andern begreiflich zu machen, dass in stattlichen Häusern mehr Raum für das Elend ist. Sie hätten ihm nicht geglaubt. So ein Haus ist nicht Bleibe, nur Raststation auf langem Transit, bestenfalls Zwischenziel.

Ich könnte ein Feuer legen, schießt es ihm durch den Kopf.

Ob er sich aufraffen soll? Nur noch dreihundert Schritte. Er hat sich wahrscheinlich verzählt. Ob sein Schlüssel noch passt? Hat er überhaupt einen? Die Augen noch immer geschlossen, wühlt er in seinen Taschen. Es ist kein Schlüssel darin, nur in der linken das Heft, und in der rechten sind die Automatenbilder und das chirurgische Messer.

Sobek versucht sich das Haus vorzustellen, doch wirkt es jetzt völlig anders, entlegen und unbewohnt oder von Fremden besetzt. Steht es am Ende leer, bleibt nur der Strom der Gedanken, der jeden Zwischenraum flutet.

Hat er sich in der Straße geirrt – oder etwa in sich? Schon sieht er sich im Vorgarten stehen, hört das Klirren von Steinchen auf einer Fensterscheibe, wirft immer größere Kiesel. Da regt sich endlich der Vorhang. Jemand öffnet das Fenster. *He, du!*, ruft er hinauf. Ein Kind beugt sich über den Sims.

Lässt du mich denn nicht ein?
Sag mir erst, wer du bist!

Auf einmal dämmert ihm: Er kehrte nicht als derselbe zurück, der gegen Mittag aufbrach. Der Gruß der Eltern gälte nicht ihm. Der Ankömmling wäre härter, nicht so aufrecht im Gang. Kann sein, sie schöpften Verdacht, würden ihn klammheimlich mustern, als käme da ein anderer, äußerlich wohl der Bekannte, aber von etwas Fremdem gelenkt, mit dem man sich nicht vertraut machen will. Bestimmt, sie beschuldigten ihn, sie betrogen zu haben um den Eigentlichen, den sie noch immer vermissen. Womöglich würden sie glauben, er hätte mit seinem Verschwinden irgendetwas zu tun, sich wütend auf ihn stürzen. Im Nu wären seine Taschen geleert, die Fundstücke auf dem Tisch, das vollgeschmierte Notizbuch, die Fotos und das Skalpell. Sie leuchteten ihm ins Gesicht, die Kreatur zu erforschen, als die er ihnen erschiene, ein finsterer Teil eines Ich, das auf der Stelle tritt. Doch brauchte es seine Zeit, bis sich seine

Verwandlung auch im Äußeren zeigte. Inzwischen könnte er bluffen, tausend Erklärungen finden – doch Wort für Wort entfernte er sich, zöge die Maske nur tiefer in sein wahres Gesicht. Und gelänge es doch, und wär es auch nur für kurz, die Eltern für sich zu gewinnen, sie würden ihn streng befragen, wo er gewesen sei, und nicht nur an diesem unendlichen Tag, sondern all die Jahre –

Wo bist du so lange gewesen? Und jetzt? Bist du tatsächlich da?

Das *Da* aber ist keine Frage des Orts, sondern der rechten Zeit. 46 Grad, 37 Minuten und 38,9 Sekunden nördlicher Breite, 14 Grad, 17 Minuten und 30,2 Sekunden östlicher Länge – Koordinaten einer fernen Vergangenheit. Der Verspätete fände nichts als geschichtliche Reste, fände sich fremd unter Fremden, als unerwünschter Hausierer, für den man nichts übrighat.

Sobek ist nicht mehr zu sehen, bloß die kleine Erhebung unter der dünnen Tuchent frischgefallenen Schnees. In einem seichten Traum sieht er die Einsagerin an sich vorübergehen, sieht die Mutter wartend am Tor, die Ankommende zu empfangen. Sie küsst sie, fährt ihr durchs Stirnhaar, drückt sie an ihre Brust. Lachend gehen sie ins Haus. Dann wird die Tür zugeschlagen, ein für alle Mal zu. Undenkbar, der lieben Mutter noch unter die Augen zu treten, ihr seltenes Glück zu trüben. Besser, er bliebe liegen und schliefe für immer ein.

*

Zur letztgültigen Heimkehr genügte kein Eintritt in gleichwelches Haus. Es braucht dazu einen Zweiten, der einen willkommen heißt und als den Wahren erkennt, einen, den man leider stets übersehen hat, weil man sich allzu sehr glich – eine Entsprechung, ein Ich. Den gilt es zu suchen, zu finden, für Achtlosigkeit und Verspätung um Vergebung zu bitten.

Gleiches gilt für Sobek, den Helden meiner Geschichte. Ist der nicht mausetot? Nein, der Schneehügel regt sich. Der Halberfrorene rappelt sich auf, klopft sich den Schnee vom Mantel, steigt auf den Hügel, geht in den Wald, immer entlang der Wege, die nicht gekennzeichnet sind. Schon geht es steil bergauf, aber die Mühe der Steigung stellt sich diesmal nicht ein. Die Schritte nehmen die Richtung, als wollte er keine setzen; und nicht mehr das dauernde Kehrtmachenwollen aus Furcht, einmal mehr einzutreffen ohne Ankunftsgefühl.

Etwas zieht ihn dorthin, wo in Kindheitslegenden phantastische Tiere wohnten, größer und tausendmal stärker als die Bären im Zoo, aber niemandem sichtbar. Nur die Schreie der Käuzchen und Eulen verrieten dem Waldbesucher ihre Anwesenheit.

Halt, da nähert sich etwas! Sobek wundert sich nicht, dem Pudel hier zu begegnen, es ist ihm nicht einmal verdächtig, denselben Pudel mehrmals am Tag an verschiedenen Orten zu sehen. Warum in der Häufung des Zufalls irgendein Zeichen erkennen? Er bückt sich, den Pudel zu kraulen, da weicht er knurrend zurück. Es ist aber nicht die Gestalt eines Hunds, die zwischen den Bäumen verschwindet.

Bald erreicht er den Kreuzweg, sieht die Wegweiser stehen, darauf die üblichen Ziele – Gaststätten, Lichtungen, Seen, und was die Leute vom Stadtgartenamt sonst noch für sehenswert halten. Einzig den Weg zum Steinbruch weisen die Schilder nicht. Richtig, er hasst die Schilder. Alles verderben sie einem, der darauf aus ist, sich zu verirren, sich absichtlich zu verirren, um auf diese Weise der fremden Macht zu entgehen, die ihn lotst und lenkt.

Willst du wieder zum Steinbruch?
Wieder vernimmt er die Stimme der Frau.
Bist du immer noch da?
Es gibt keinen Weg, sich selbst zu entfliehen!

Hastig fährt er herum. Der Waldweg ist menschenleer. Kein Wunder, er ist allein. –
Allein? Das glaubst du doch selbst nicht. Ich sehe doch, wie du um dich schaust – »Wo steckst du nur wieder?« »Was willst du von mir?« »Willst du mich etwa töten?«
Sobek schüttelt den Kopf, bricht aus in hysterisches Lachen. *Ich mich fürchten? Von wegen! Bist nur das Bild, das Zerrbild eines freakigen Trips. Wie hab ich es fertiggebracht, dir ein Gesicht zu geben?*
Elender Zuckerschnupfer, hast du deines verloren?
Lass mich endlich in Ruhe! Lass mich in Frieden gehen!
Wo willst du denn jetzt noch hin? Hat dich dein eigenes Schicksal nicht vor die Tür gesetzt? Fast schäme ich mich, so deutlich zu sehen, was dir verborgen ist: Es gibt keine Ankunft für einen wie dich. In einer Fotokabine einfach so zu verschwinden – was für ein witzloses Ende!
Gut, knurrt Sobek, *gut, ich schreibe das Ende um. Wir machen es kurz und schmerzlos: Vor diesem Arzttermin, zu dem es letztlich nicht kommt, geht die Frau zum Steinbruch, trifft dort ihren Geliebten. Die beiden fackeln nicht lang. Ich sage: Sie werden springen. Der Einfachheit halber will ich an deine Stelle treten, Ich-Erzählerin sein.*

Vor dem besagten Termin, so soll es geschrieben stehen, nahm ich den Umweg zum Steinbruch mit einer Badeschaumflasche voll Schnaps, die ich als eine Art Flachmann seit Tagen bei mir trug. Nach der ersten Biegung leerte ich sie in nur einem Zug. Die Luft im Wald wurde dünn. Der Rest der Menschheit erschien in weite Ferne gerückt. Immer schneller ging ich, sank erschöpft auf die Knie, meinte, den Verstand zu verlieren, abgesprengt von der Welt, aus der nichts mehr zu mir sprach, während ich auseinanderbrach, einem nutzlosen Fremdkörper gleich, den die Natur in sich auflösen würde, falls ich nicht rechtzeitig selbst ...
Nicht diese Töne, Dichter!
Die Tonart bestimme ich. Denk dir die Landschaft schwarzweiß, auch das Immergrün grau. Ich hätte mich aufgeben können. Wahrscheinlich hätte es niemand bemerkt. Bald stünde ich über den Abgrund gebeugt, unter mir ein schnaubendes Nichts.
Würde dich ein einziger Schritt deinem Elend entreißen?
Ich brauchte gar nicht zu springen, würde eben erfrieren, wenn nicht ein günstiger Zufall den lieben Freund zu mir brächte.
Hattest du etwa die Hoffnung, Neal sei dir vorausgeeilt oder würde dir folgen?
Die Föhren und Kastanienbäume mussten seine Anwesenheit vor mir bemerkt haben, denn sie begannen zu zittern, schwangen sich flüsternd einander zu. Endlich schaute ich auf, wie es immer ein Aufschauen ist, wenn einem auf weiter Flur doch noch ein Mensch begegnet, möglicherweise einer, den man von früher kennt. Es ist dieser eine Schreckmoment, da man sich beinahe entschließt, einfach weiterzugehen, und die Verlegenheit – anders als die, wenn man auf Fremde trifft, denen man freundschaft-

lich zunickt, um ihnen zu bedeuten, nichts im Schilde zu führen.

Hat er dich denn bemerkt?

Nein, ich folgte ihm heimlich. Es gab schließlich keine Aussicht, dass uns der Zufall ein zweites Mal hilft.

Ist der Zufall nicht raffiniert?

Hätte ich Rast gemacht...

... hätten sich eure Wege ebenso wenig gekreuzt, wie wenn du dem Drängen der Mutter nachgegeben hättest, doch zu Hause zu bleiben. Hat sie dich nicht gewarnt, draußen sei es zu kalt?

Im Zimmer war es noch kälter in den Wochen des Wartens, eifersüchtig besorgt, dass er die Tage nicht zähle, sie vielmehr damit verbringe, seine Akte zu ordnen, vielleicht mit...

... der Frau auf dem Bild?

Hast du ihr je entsprochen?

Hieltst du Schritt mit dem Mann?

Er ging entschlossen, beschwingt, wie einer, der Großes vorhat.

Wie konnte er trotz der Trennung derart unbeschwert sein? Bald schon würdest du bluten, und es wäre sein Blut – er aber unversehrt. Er hätte sich wenigstens von einem Finger trennen können, bloß eine Narbe behalten.

Nach zwei- oder dreihundert Metern blieb ich müde zurück, spähte gierig zum Steinbruch.

Aber stand dort nicht einer?

Leise trat ich hinzu, um ihn nicht zu erschrecken, blieb dicht hinter ihm stehen, dachte, wenn ich die Hand vorsichtig nach ihm strecke...

Ich erinnere mich an eine ähnliche Stelle.

Ja, als der Mann am Fenster seines Hobbyraums stand. Weißt du noch, wie du meintest, manchen gelüstet's zu springen, wenn er die Tiefe erblickt, und dass er einen Pakt schließe, zum Beispiel langsam bis zehn zählt, sich sagt, wenn nun einer komme, ihm seine Hand zu reichen, einer, der gut zu ihm spricht, würde er sich bezwingen? Was, wenn der Zweite bloß fragt: Darf ich fotografieren?

Ich solle mich splitternackt ausziehen, hat er damals gefordert, ohne sich umzudrehen.

Diesmal war es nicht anders. Doch als ich dagegensprach, fuhr er hastig herum und sagte den üblichen Gruß, überfreundlich, wie zu Leuten, deren Gunst man sich unsicher ist.

Komm schon, das glaubt dir doch keiner! Tausend Mal oder öfter hast du's dir ausgemalt, alles genau überlegt – wie du ihn ansehen würdest, nicht vorwurfsvoll oder fordernd, aber ein bisschen ernster als sonst. Zu viele Worte wären nicht gut, jedenfalls nicht zu Beginn. Und was er wohl antworten würde, etwas Warmes, Liebes vielleicht.

Siehst müde aus, sagte er.

Und zielte nicht jedes Wort gegen dich? Was hätte er wohl als nächstes gesagt? Geh nach Haus, ruh dich aus? Was konnte es Schlimmeres geben, als in Ruhe zu sein, wenn man auf Nähe hofft? Das ewige Spiel auf Zeit trotz abgelaufener Frist.

Gut, dann sagen wir so ...

Du warst zu feige, zu springen, hast bloß Reißaus genommen, querfeldein durch den Wald, durch nebelfeuchtes Gestrüpp, peitschende Äste in deinem Gesicht, und jeder Schritt ein Sinken, jedes Geräusch ein Fluch, Beweis für eine Gefahr, die nicht zu benennen war. Einmal hörtest du Schüsse von fern. Mehrmals kamst du zu Fall.

War ich das gejagte Tier?

Einmal kam es dir vor, als verwandle sich das Rauschen des aufziehenden Winds in das Hecheln eines Hunds. Kurz darauf meintest du, das Signal eines Funkgeräts zu hören, fühltest Blicke im Nacken, liefst umso schneller, darauf gefasst, gleich die Hand des Verfolgers zu spüren. Gleich würde dein Name gerufen. »Flucht ist zwecklos, Hände hoch!« Atemlos fuhrst du herum.

Warum sollte ich fliehen?

Der Mann ist vor dir gestanden, zwei Schritte vom Abgrund entfernt. Sag, hast du ihn gestoßen? Oder ihm Mut gemacht: Spring? Ich bin dagegen, dass man davon spricht, eine Flucht zu ergreifen wie eine gute Gelegenheit. Ich bin dagegen, dass man davon spricht, eine Flucht zu begehen wie eine böse Tat. Man erleidet die Flucht. Sag Notwehr, falls dich wer fragt!

Den Teufel werde ich tun!

Was, wenn ich dich verrate?

Wie willst du einen verraten, der keinen Namen hat?

Für einen, der ihn leugnet, scheint mir die Frage jedenfalls klein. Ich sag das Spiel an, ich: Dein Name soll Sobek sein!

*

Ob sie mich demnächst holen? – *Was hast du geschrieben? Zeig her!*

Kein Zweifel, sie wissen es längst. Ihr Fragen hätte einzig den Zweck, mein Gewissen zu prüfen. Nichts wären wir ohne Gewissen. Es stellt die Wirklichkeit vor uns hin, ob sie uns passt oder nicht. Die Heimlichkeit aber, in die es uns treibt, ist die schlimmste Verbannung, das Schreiben ein einsamer Kult, wie ihn Trinker an sich vollziehen, etwas in sich zu betäuben. Einmal auf dem Papier ist die Furcht zwar gebannt, nur noch ein leiser Schmerz oder sogar zum Lachen, wie mit dem richtigen Abstand besehen; aber da ist noch ein Rest, mit dem man einsam bleibt, allein mit dem fremden Wesen, das tief in einem haust und dunkle Befehle gibt. Man richtet also Gewalt gegen sich oder etwas noch Schwächeres, eine Fliege vielleicht, die man erschlagen kann, etwas in sich zu ersticken.

Niemand kriegt zu Gesicht, was wirklich in mir gespenstert.

Hätte ich dem Wärter vorhin vom Schreiben erzählt, er hätte es Hobby genannt. Sicher, es ist kein Beruf, bloß der dumme Versuch, das Flüchtige anzuhalten, es haltbar zu machen auf toter Substanz, raschelnd, durchsichtig, brennbar. Was einem heute die Luft nimmt, kann morgen lächerlich sein wie die Konserven der Mutter, für ein Morgen bewahrt, aber dem Gestern geweiht. Der Leser aber nähme mich morgen beim heutigen Wort, und keiner ahnte die Not, sobald ich gezwungen bin, etwas fertigzubringen oder gut sein zu lassen. Nichts ist je gut noch fertig erzählt, und liegt nicht im Akt der Vernichtung das reine Wesen der Dichtung?

Der Chefredakteur weiß nichts von diesem verrannten Paar, das letztlich auf sein Geheiß von einer Klippe springt. Auch mir sind die beiden fremd, und fremd bleibt mir auch der Erzähler, der mir, ob gewollt oder nicht, fortwährend unterstellt, es handle sich bei den Figuren um immer dieselbe: Mich.

Ein Hobby? Schon das Wort ist ein Witz!

Allenfalls ist es ein Spiel, in dem man seine Figur durch eine Landschaft steuert. Alles ist denkbar einfach: ein Druck auf den Knopf, und sie springt. Eine Drehung am Joystick, und schon blickt sie sich um. Es gibt diese Variante des Spiels, bei der man die Spielerfigur einfach sich selbst überlässt, sie ins Verderben schickt, spaßeshalber oder auch nur, um sich sterben zu sehen. Irgendwann wird sie todsicher von feindlichen Kugeln getroffen oder kommt vor Erschöpfung zu Fall, verbraucht so sämtliche Leben.

Kürzlich war ich mir sicher, Sobek sei die erste Person und die Landschaft mein Wald – und, seltsam, beim letzten Spiel sah ich in all den Feinden einstige Weggefährten. Umgekehrt schienen sie mich in Sobeks Gestalt nicht zu sehen, geschweige denn zu erkennen. Zum Beispiel kam der Bruder, inzwischen zum Mann gereift, und Sobek lief auf ihn zu, die Arme zum Gruß gebreitet, aber der Bruder ging weiter, soldatisch, roboterhaft, und mein armer Held ließ die Arme sinken, sah ihn vorüberziehen, überlegte kurz, ob er ihm nachrufen sollte. *Siehst du nicht? Ich bin es, ich!*

Er hätte ihm nacheilen können, ihn einholen und niederreißen, ja wenn nötig verschlingen, um ihn nicht ganz zu verlieren. Jedenfalls lautet der Auftrag, jeden, der seinen Weg kreuzt, sofort zu eliminieren.

Zum Grübeln blieb keine Zeit. Schon kam der nächste des Wegs, auf einem Bein und auf Krücken, aber auch der schien durch Sobek einfach hindurchzusehen, und hätte ihn niedergerannt, wäre er nicht geschickt zur Seite gewichen. Kann sein, es kamen noch welche, und all die vermeintlichen Gegner glichen alten Bekannten, nahen und fernen Verwandten, Freunden, die ich übersehen oder gemieden habe. Immer genügte es mir, sie am Leben zu wissen, die mir doch eigentlich so gut wie gestorben waren. Merkwürdig war an dem Spiel, dass sie zusammen gingen. Waren sie nicht für gewöhnlich über die Herrenländer verstreut, einander zum Teil nie begegnet, nicht einmal Zeitgenossen, einzig im Umstand geeint, mit mir bekannt zu sein, Figuren meiner Geschichte?

In immer kleinerem Abstand folgte eine der anderen, und alle zogen stracks wie auf Schienen dahin, zwischen abrupten Arm- und Beinbewegungen sekundenkurz verharrend. Einer trug einen Kittel, zombiehaft sah er ins Weite. Sobek rief den Doktor und zog nun alle Register, sich bemerkbar zu machen, fuchtelte und verzog sein Gesicht, rollte wild mit den Augen, streckte die Zunge heraus. Der Doktor aber, grausam, steuerte stur auf ihn zu, und Sobek wich abermals aus, den Aufprall noch abzuwenden. Andere folgten dem Doktor, ein Onkel und einige Nachbarn, außerdem Emil, Agathe und einstige Schulkameraden, und wieder verhielten alle sich so, als wäre Sobek nicht da.

Warum schießt du denn nicht? Ich richtete mein Gewehr auf die gespenstischen Wanderer. Der Finger am Abzug krampfte, und Sobek, was war passiert?, warf sich schreiend zu Boden und zuckte und griff sich ans Herz. Ob es einer bemerkte? Nichts deutete darauf hin. Rasch erhob er sich wieder und fing mit einem Mal an, die Spukhaften zu umkreisen, drehte und bog sich tänzelnd durch das stumme Geschwader. *Seht doch: Ich bin es, ich!*

Die Kolonne verdünnte sich. Sobek fragte sich nicht, was es bedeuten konnte, dass es ihn waldwärts zog, während all die andern in Gegenrichtung marschierten, fragte nicht, woher sie kamen oder wohin sie gingen. Ein schmächtiger Alter mit Blindenstock, einen Bären an der Leine, kam als Letzter der Nachhut – ein vertrautes Gesicht, doch um Jahre gealtert. Deutlich sah Sobek den Wärter. Wollte ihn einer erschrecken? Was, risse der Bär sich los? In einer schaurigen Ahnung griff er sich ins Gesicht. Und da, für drei, vier Sekunden, schauen Blinder und Bär zurück.

Haben sie ihn erkannt?

Warum schießt du nicht endlich?, brüllte ich außer mir und drückte fahrig am Joystick. Kein Zweifel, mein Ich und Alles führte ein Eigenleben, griff in die Manteltasche, fand darin das Skalpell und warf es weit von sich. Dann drehte es sich nach mir um, mit erhobenen Armen, erwiderte meinen Blick, als könne es mich von jenseits dieses verfluchten Bildschirms als die Spielerin sehen. –

Da bist du ja, Einsagerin! Glaub nur nicht, ich würde nicht merken, wie du mich lenkst und denkst, im Anschlag dein großes Gewehr. Warum zielst du auf mich? Willst du mich etwa töten?

Erst wenn der Avatar stirbt, taucht das Selbst wieder auf, maulte ich siegessicher.

Sobek begann zu lachen, kriegte sich gar nicht mehr ein: *Die Frage lautet nur: Wer von uns ist der Spieler, wer ist nur die Figur? Du willst nicht Mensch meines Namens sein und nennst deinen eigenen nicht? Ich war dir doch immer gut. Wie willst du weiterleben ohne den treuen Gefährten, und wie von mir erzählen, ohne Spuren zu legen, die am Ende zu dir führen? Ich weiß über dich Bescheid. Nacht für Nacht liegst du wach, schwindlig über der Frage, ob du ein guter Mensch seist, oder überhaupt Mensch, meinst, einer Spezies anzugehören, die einem fremden Erdteil entstammt oder einem anderen All – immer und überall fremd. Bist du nicht manchmal allzu sehr ich? Los, bekenn dich zu mir!*

Gut, entgegnete ich, *Lass uns das Spiel beenden und endlich nach Hause gehen.* Dann schlug ich den Bildschirm ein und trat an Sobeks Seite.

Ich ließ ihn die Richtung bestimmen. Nie fiel mir das Gehen so leicht, wie von schweren Gewichten erlöst, von frischer Liebe beschwingt. Sicher, ich kannte die Gegend, aber alles Gewohnte lockte mit neuem Zauber, und mochte die Nacht, ob hell oder nicht, immer noch voller Gefahren sein, Raubtiere, Geister, Mörder, waren sie mir nun Gefährten, ich jetzt eine von ihnen.

Sobek strauchelte plötzlich, sagte, er könne nicht weiter. Verdammt, wer vergessen hat, wohin seine Sehnsucht geht. Endlich wusste er's wieder: zu seinen lieben Toten! Ein Mauslochbewohner wollte er sein, ein Maulwurf oder ein Wurm, Hauptsache, denen nahe, die in der Ewigkeit sind. Weil der Erdboden aber keinerlei Anstalten machte, unseren Sobek zu schlucken, versuchte er nun, zu graben. Vielleicht gelangte er hin, indem er Wurzeln schlüge, sich in den Boden stampfte bei lebendigem Leib.

Ärgerlich stellte er fest, die Erde war hartgefroren. Dann eben andersherum. Hatte die Mutter nicht immer gesagt, man nehme mit ausnahmslos allem, was man sich einverleibt, auch die überstofflichen Eigenschaften der Substanz in sich auf, ihr magisch ureigenes Wesen? Sobek nahm das Skalpell, kratzte Erde vom Boden, kramte einen Geldschein hervor, zog eine kräftige Prise. Schleim rann aus seiner Nase, scharf und kalt und braun. Die Erde schoss ihm ins Blut. Ein Schauer, ein Blitz, ein Summen im Ohr und eine wohlige Wärme.

Diesmal war es kein Fieber, sondern die Sommerhitze aus einem früheren Land.

Die Kluft zwischen da und dort wurde kleiner und kleiner, das Herz leicht, der Brustkasten schwer, die Haut ein schuppiger Panzer. Sobeks Arme und Beine schrumpften zu Stummeln zusammen, und aus manchen Fingern wuchsen ihm scharfe Krallen. Sein Rücken verhärtete sich, wurde dabei immer länger – mündete in einen Schwanz.

War es nicht Winter? Nein! Jetzt das Erdduften, Dampfen, erste Frühlingsgeräusche und ein Freuen wie nie – und nicht im Entgegensehen, sondern als sei schon alles erfüllt. Er musste nirgendwohin, war schon so gut wie da, hörte das Vogelgezilp, die kräftigen Flügelschläge liebestoller Libellen, das Seufzen und Knarren der Äste und Stämme, sogar das zitternde Licht, das durch die Baumkronen drang, als habe er von Blindheit geheilt erstmals die Welt erblickt. Das Land stand wieder in Farbe, und jeder Gedanke ging durch sein erkaltetes Herz.

Endlich kam er zum Steinbruch. Energie gegen Null, aber ruhig und glücklich robbte er bis an den Rand, schaute lange ins Tiefe, sah sich abermals um:

Bist du noch da, mein Ich?
Hast du kein Spiegelbild, Sobek, oder bist du nur blind?

∗

Ich habe nicht versucht, mich umzubringen. Im Gegenteil. Gott weiß, wie oft ich aufgebrochen bin, gänzlich zur Welt zu kommen; obwohl, ich hab es nie fertiggebracht, höchstens wurde mir schwindlig dabei oder die Hose feucht. Manchmal träume ich, ich sei auf dem nächtlichen Heimweg, fände das Haus aber nicht. Dann käme mir einer entgegen und beschuldigte mich, es angezündet zu haben.

Ist's eine Frage der Herkunft, ob man ans Ziel gelangt? Eine Frage von Winkel und Richtung? Eine Frage der Zeit? War ich nicht im Suchen um einen Punkt gekreist, mit jedem noch so behutsamen Schritt, indem ich mein Möglichstes tat, durch Kraft und Willensanstrengung aus meiner Bahn zu brechen, endlich dorthin zu gelangen, von wo aus das

Leben mich rief? Ich habe Anlauf genommen, aber sooft ich mich einem Ziel nahe glaubte, fand ich mich hinter der nächsten Biegung wieder am Ausgangspunkt oder noch weiter abseits, weil ich dem Kreis kaum merklich entglitt, mich von der Mitte entfernte.

Der Mensch ohne Mitte schweift ab. Er wird sich an alles und jeden klammern, um nicht verlorenzugehen, legt sich mit einem zusammen, Zuflucht zu finden vor sich, ganz in ihm aufzugehen oder sich anzustecken mit fremdem Lebenswillen. Die Angst vor dem Sterben zeigt letztlich nur an, dass einer am Leben hängt. Nur der Dumme entbehrt sie oder der Lebensmüde.

Wer immer mich hier hält, müsste das nicht. Ich bliebe ohnehin. Nichts lohnt eine Bewegung, die sich als Stillstand erweist. Und wozu die Sehnsucht stillen, wenn sie der Antrieb ist? Der Geschichtenerzähler braucht nirgendwo hinzugehen. Er sollte wohl in der Lage sein, sich die Ferne zu denken, mit geschlossenen Augen zu sehen; führt es nicht immer irgendwohin, an fremde Orte und Zeiten, ohne den Zwischenraum zu durchqueren, sich um Tempo und Kompass zu scheren?

Obwohl mich in seltenen Momenten dieses nervöse Fernweh befällt, das Menschen zum Aufbruch drängt, und nicht aus Wanderlust, Neugier, sondern weil es das Leben so will, rühr ich mich nicht vom Fleck.

Da ist die Uhr an der Wand. Der Zeiger zuckt vor und zurück. Das Leben draußen geht weiter. Das ist es, was mich stört.

Den Ort, an dem ich mich befinde, kann ich nicht benennen. Man braucht mich also nicht zu suchen. Vielleicht existiert er gar nicht, jedenfalls nicht außerhalb meiner Vorstellung, in ein seit langem nicht mehr bewohntes Zimmer zurückgekehrt zu sein. Die Dinge gähnen mich an. Ein Bett, ein Schrank, ein Schreibtisch, stapelweise Papier. Die Schneekugel aus New York. Kann sein, ich war gar nicht da. Der Wandspiegel ist verhängt.

Da ist ein Beobachtungsloch in meiner Zimmertür, man sieht nur in eine Richtung, nämlich von draußen herein. Draußen weiß ich den Wärter und die Kamerafrau. Auch wenn sie Vater und Mutter nicht gleichen, weder in Art noch in Aussehen, sind sie es offenbar doch. Ich sage: Sie sind es doch. Bestimmt, sie sind in der Küche, die Papa sein Wachzimmer nennt. Mama kocht ihre Suppen, staubt ihren Setzkasten ab, der mein Satzkasten ist.

Manchmal klopft's an der Tür: *Was treibst du denn noch so spät? Warum schläfst du nicht längst? Willst du die ganze Nacht zocken? Hast du Drogen genommen?* Sie deuten auf mein Gesicht, bemerken das weiße Pulver um meine roten Nüstern, aber es ist nur der Zucker, der immer anders heißt, China officinalis, Aurum, Arsenicum album …

Morgen, sobald es dämmert, will ich das Guckloch verkleben, die Türe verbarrikadieren. Ich will nicht, dass man mich weiter befragt.

*

Nicht jeder Geschichte entkommt man, indem man das Buch zuklappt. Alles wird biografisch, und sollte es jemand bezweifeln, setz ich es um in die Tat, indem ich den Wärter, die Kamerafrau und den Chefredakteur selbst zu Darstellern mache. Gestern, werde ich schreiben, rief mir der Chefredakteur die Abgabefrist ins Gedächtnis, die *Dead-*

line, wie er sie nennt. Hielte ich sie nicht ein, sehe er sich gezwungen, einen der Volontäre als Ghostwriter zu engagieren. Also werde ich schreiben, schrieb ich eilig zurück, dazu bestehe kein Grund, ich sei schon so gut wie fertig.

Ob es gut für mich ausgeht, liegt nun in meiner Hand.

Bleibt nur noch anzufügen, wie sie am Tag nach Ablauf der Frist endlich mein Zimmer stürmten. Sie riefen, schauten einander an, fragten sich, wo ich sei, rissen das Tuch vom Spiegel. Wieder roch es verbrannt. Dann wühlten sie im Papierkorb, fischten die Schnipsel daraus. *Wer Manuskripte verbrennt*, krächzte luftringend der Wärter, *hat etwas zu verbergen.*

Gewiss weckt der bloße Versuch, eine Notiz zu vernichten, bei manchem den Trieb, aufzudecken, was der Erzähler verbirgt. Der Köder wird gierig beschnuppert. Seht, wie man ihn umkreist! Alle Setze können sie haben. Papa sagt, *Setze schreibt man mit Ä*. Schön, wie er triumphiert!

Sie wollten mich, werde ich schreiben, zur Verantwortung ziehen, weil es mir nicht gelang, die Aufzeichnung zu vernichten. Dass mir die Beseitigung der Spuren nicht vollständig geglückt ist, haben sie als Indiz für die Anspannung gewertet, in der ich mich befunden haben müsse, denn selbstverständlich glücke unter Zeitdruck in den meisten Fällen keine hinlängliche Zerstörung eines umfangreichen Zettelwerks. Ich sagte schon: Keine Wahrheit kommt an gegen ihren Verdacht.

Verflucht, so werde ich schreiben, sei das geschriebene Wort, das Schreiben – ein Sakrileg. Nach und nach enthüllt man mehr, als man eigentlich wollte. Nach und nach erfüllt sich mehr, als sich erfüllen sollte. Der Schreiber ist, was er schreibt, einmal Verbrecher, ein andermal Narr, Mörder hinter verschlossener Tür. Schließlich kann nicht aus einem fließen, was nicht in ihm geschlummert hat; immer bleibt er das letztliche Ich, immer der Ich-Erzähler, auch wenn er dauernd vorgibt, auf seine Figur zu sehen, allwissend, beinah wie Gott. Aber er ist nicht Gott. Und nennt mir, werde ich schreiben, die Dichter nicht Profis noch Meister! Selbst der größte von ihnen ist bloß ein Zauberlehrling, ruft sich alles herbei, ohne den Spruch zu kennen, es wieder loszuwerden. Ein gefährliches Spiel.

Gebt mir noch einen Bogen Papier, und ihr kriegt euren Showdown am alten Steinbruch im Wald! Alles soll damit enden, dass das Paar sich ein Herz nimmt und springt.

Anderntags, werde ich schreiben, kam der Wärter kleinlaut zu mir, wies mir freundlich die Tür. Man habe einen gefunden, der sei auf dem Heimweg erfroren, geschwächt von Hunger und Kälte, kein Hinweis auf Fremdverschulden. Ich durfte, werde ich schreiben, mangels Beweisen gehen.

Ist es dem Menschen nicht auferlegt, unterwegs zu sein – einmal als Flüchtling, Sucher, Finder, ein andermal als Verlierer? Weiter geht es, weiter, ob man will oder nicht, und nicht, weil einen die Sehnsucht treibt, sondern weil etwas begonnen ist.

Hätte ich noch ein Leben, es wäre ein neuer Film. Der spielte auf endlosen Highways, den Soundtrack kann man sich denken, Schubert, Ray Charles, Franz Liszt. Freilich, da wäre noch einer, dem Anschein nach Autostopper, der mich von weitem erkennt, mir freudig entgegenginge wie einem erwarteten Freund. Als er die Autotür öffnet, sagte er nur einen Satz: *Nur solang du nicht liebst, bist du keine Gefahr.*

Alles mag ich gewesen sein – Bursche und Mädchen, Fisch und Fleisch, Nichtswisserin, Gelehrter. Aber ein Mörder? Nie!

Und mein Zookrokodil?

Der Zoo ist lange Geschichte. Kaum einer kann bezeugen, dass es ihn wirklich gab. Die Bauten hat man geschleift, alle Betonfundamente dem Erdboden gleichgemacht, den Boden so eingeebnet, dass sich der Ahnungslose fragt, was es mit dem schmalen, rund hundert Meter langen, unnatürlich flachen Flecken Grüns am nördlichen Rand des Walds auf sich hat. Höchstens brächte ihn die nahegelegene Tiergartenstraße auf den Gedanken, dass sich hier einst ein Zoo befunden haben mag. Vielleicht bringen ihn die Tiger- und die Bärengasse, die vis-à-vis dem Areal in die parallel zum Plateau verlaufende Kellerstraße münden, auf die Spur. Ob es hier Tiger gab? Nein, das glaube ich nicht. Aber ein anderes Wesen. Selbst winters lag es im Freien, in einem Bassin aus nacktem Beton, und einmal anstelle des Wassers die Decke aus hauchdünnem Eis. Die arme südliche Kreatur träumte bestimmt vor sich hin, wie alle es tun, die erfrieren, und die Besucher gafften, als sei in dem schönen, starken Geschöpf die eigene Tücke verkörpert, der unersättliche Lindwurm, der ihnen am Herzen frisst.

Die Rückschau bleibt unzuverlässig. Was einer für Erinnerung hält, ist vielleicht nur ein Luftbild an einem sehr heißen Tag, wenn die Luft überm Straßenbelag zu glimmen und fließen beginnt. Du springst einer Lache entgegen, aber sobald du ankommst, ist sie auf einmal verschwunden oder in weite Ferne gerückt, denn siehe da, dort …!

Einmal, als sehr kleines Kind, habe ich Papa vom Wunder erzählt. Er nannte es *Fata Morgana* und fing sogleich damit an, mir dies und das zu erklären. Alles hat er mit Worten seziert, alles beim Namen genannt. Ich aber wollte mir lieber den Zauber bewahren, der um das Unausgesprochene war. Keiner sollte die Ahnung mit schalem Wissen durchkreuzen, denn die größere Wahrheit entzieht sich dem Zugriff des Worts. Die meisten meiner Lachen waren offenbar echt, spiegelten Wolken und Hügel und ein Kindergesicht.

Am Ende steht wieder ein Anfang.

Draußen knarren die Dielen. Doch bringt mich nichts mehr dazu, tiefen Schlaf vorzutäuschen oder die Tür aufzureißen. Stattdessen sehe ich zu, wie sich die vollen Seiten meines Notizbuchs krümmen und sich die Flamme gefräßig in meine Zeilen beißt, lehne mich vor und atme den Rauch, bis mir die Augen tränen und meine Stirn wieder glüht. Und wie ich ins Fieber sinke, steht mir der Fluss vor Augen, ein dunkler Streifen satten Grüns inmitten steiniger Wüste. Da ist eine feuchtheiße Zuflucht, in der alles harrt und hängt. Das Dickicht des Urwalds bewirkt eine Stille, die nichts Irdisches hat. Dann und wann durchdringt sie ein lauter Vogelruf, oder das Surren eines Insekts, das Seufzen und Ächzen der hölzernen Riesen, Töne, so träge und stumpf wie die Strahlen, die durch die Baumkronen dringen. Das Zugehen auf ein Licht.

Da stehe ich also wieder an meinem großen Fluss, watend, das Wasser bis zu den Knien – und wie die Gnus und Gazellen zum Trinken ans Ufer kommen, tritt mein Schatten hinzu. Die Böcke legen die Hörner zurück, die Nüstern gegen den Wind.

Lautlos gleitet der Drache von seiner Sandbank ins Wasser.

Ist es nicht Winter? Nein! Ein warmer Wind drückt die Fenster auf, wirbelt die letzten Reste der Asche über den Tisch. Ich trete ans offene Fenster, sehe Neal dort unten, im Schein der Straßenlaterne. *Da bist du ja*, ruft er und lacht. *Hast du's zu Ende gebracht? Komm, lass uns endlich gehen!*

Ich aber stürze hinaus in die Nacht und erhebe mich endlich zu meiner wahren Gestalt.

Noch einen Schritt, sage ich, als wir am Steinbruch stehen. Dann springen wir, Hand in Hand. Und wo der Chefredakteur nichts als den Abgrund sah, wogt sanft und tiefblau das Meer.

Gefördert durch das BM für Unterricht,
Kunst und Kultur und das Land Kärnten

LAND ┋ KÄRNTEN
Kultur

Bibliografische Informationder Deutschen Nationalbibliothek
Die Deutsche Nationalbibliothek verzeichnet diese
Publikation in der Deutschen Nationalbibliografie;
detaillierte bibliografische Daten sind im Internet
über http://dnb.d-nb.de abrufbar.

© Wallstein Verlag, Göttingen 2021
www.wallstein-verlag.de
Vom Verlag gesetzt aus der Stempel Garamond
Umschlaggestaltung: Stine Wiemann
unter Mitwirkung von Sigrid Bostjancic
(Foto: tupungato/iStock)
Druck und Verarbeitung: Pustet, Regensburg
ISBN 978-3-8353-3947-7